# SOMETHING *Dangerous*

Reckless and Real

Livre 1

LEXI RYAN

**Du même auteur**

**Autour de « New Hope »**

La série de « New Hope »
*Unbreak Me*
*Stolen Wishes (*novella, préquel de *Wish I May)*
*Wish I May*

Here and Now (une série de « New Hope »)
*Lost in Me*
*Fall to You*
*All for This*

Reckless and Real (une série de « New Hope »)
*Something Wild (*préquel)
*Something Dangerous* (L1) (titre original : *Something Reckless*)
*Something Real* (Livre 2)

# SOMETHING *Dangerous*

Titre de l'édition originale : *Something Reckless*


Ouvrage dirigé par Isabelle Solal
Collection New Romance dirigée par Hugues de Saint Vincent
Couverture : Christophe Petit/ © Annebaek/ i.Stock


Département de Hugo & Cie
34-36, rue La Pérouse
75116 Paris
wwwhugoetcie.fr

ISBN : 9782755623505
Dépôt légal : décembre 2016
Imprimé en France par Corlet imprimeur, S.A
N° d'imprimeur : 183341

NEW ROMANCE®

LEXI RYAN

# SOMETHING *Dangerous*

Livre 1 de la série « Reckless and Real »

Roman

Traduit de l'anglais (États-Unis)
par Marie-Christine Tricottet

Hugo Roman

*Ce livre est dédié aux NWBs – Sawyer Bennett,*
*Lauren Blakely, Violet Duke, Jessie Evans,*
*Melody Grace, Monica Murphy et Kendall Ryan.*
*Vous me faites rire, vous me tenez la main et vous me rendez*
*meilleure. Je vous aime et je suis reconnaissante*
*à chacune d'entre vous, Mesdames.*

# REMERCIEMENTS

Comme toujours, je tiens d'abord à remercier ma famille. Brian, merci pour le temps, les encouragements et la patience que tu accordes à ma carrière de folie. Merci de m'envoyer travailler dans mon « bureau satellite » quand les enfants refusent de me laisser tranquille, merci de prêter une oreille attentive à mes incessantes élucubrations concernant des intrigues sorties de tout contexte, et de me prouver chaque jour que le bonheur éternel existe ailleurs que dans mon imagination. Les enfants et toi, vous êtes tout pour moi.

Merci à mes amis et ma famille, qui célèbrent mes succès comme s'ils étaient les leurs, qui me félicitent à chaque étape du processus et font l'éloge de mes livres auprès de tous les lecteurs adultes qu'ils rencontrent. Votre enthousiasme m'honore, et je suis reconnaissante d'avoir pu me construire une vie entourée de personnes si formidables. J'espère que vous savez toute la gratitude que j'éprouve en pensant que vous faites partie de ma vie.

Merci à tous ceux qui m'ont aidée par leurs conseils et leurs appréciations concernant l'histoire de Liz et Sam, en particulier Adrienne Hogan, Mira Lynn Kelley, Heather Carver, Karen Newman et Samantha Leighton, vous êtes toutes géniales. Un grand merci aux Lexi's Midnight Readers qui étaient partantes pour cette histoire quand elle n'était encore que l'ébauche d'une idée. Vous me rappelez quotidiennement pourquoi j'aime tant ce boulot !

Merci à l'équipe qui m'a aidée à réaliser ce livre et en a assuré la promotion. Sarah Hansen de Okay Creations, qui a conçu la magnifique couverture de l'édition américaine, et qui, si cela ne tient qu'à moi, en fera encore beaucoup d'autres pour moi. Rhonda Helms et Lauren McKellar, pour la pertinence de leurs corrections, et Arran McNicol de Editing 720 pour sa relecture. Merci à mon assistante, Chris, qui fait tout son possible pour veiller à l'organisation de mon travail, même quand nous jonglons avec quinze tâches à la fois. Un grand hourra à Julie de AToMR qui s'emploie à la promotion de mes livres, et à tous les blogueurs et les critiques qui la secondent dans cette tâche. Vous êtes formidables. Tous.

Merci à mon agent, Dan Mandel, et à mon agent pour l'étranger, Stephanie Diaz, qui permettent à mes livres de trouver leurs lecteurs dans le monde entier. Je vous remercie de faire partie de mon équipe.

Mille mercis à mes NWBs – Sawyer Bennett, Lauren Blakely, Violet Duke, Jessie Evans, Melody Grace, Monica Murphy et Kendall Ryan. Je suis sûre que vous étiez prêts à m'étrangler quand j'essayais de trouver un angle d'approche de cette série et le moyen de raconter l'histoire de la meilleure façon possible. Merci de votre inaltérable franchise et de votre soutien quand je panique.

Merci à tous mes amis écrivains sur Twitter, Facebook, et aux différents cercles littéraires auxquels j'appartiens, pour m'avoir soutenue et inspirée. Je dois dire que notre source d'eau fraîche est la plus fraîche de toutes.

Et, pour finir en beauté, je remercie tous mes fans. À ceux qui ont lu les autres ouvrages de la série « New Hope » et qui en redemandent, à ceux qui ont déclaré qu'ils prendraient du plaisir à lire même mes listes de courses et à ceux qui me suivent depuis le début, un grand merci. J'estime chacun de mes lecteurs. Je ne pourrais rien faire sans vous et je n'en aurais pas envie. Merci d'acheter mes livres et d'en parler à vos amis. Merci de me demander d'en écrire d'autres. Vous êtes les meilleurs !

**LEXI**

## À propos de SOMETHING *Dangerous*

*Plongez dans un monde de secrets et de tentations. Lisez le premier roman de la série torride « Reckless and Real » par l'auteur à succès du* NYT, *Lexi Ryan…*

Il me parle de choses coquines, mais je ne connais pas son nom.

Il veut jouer avec moi, mais je n'ai jamais vu son visage.

Il m'attire, mais je ne pourrais pas le reconnaître dans une foule.

Je suis tombée amoureuse d'un inconnu, mais à présent l'anonymat touche à sa fin. Je veux davantage que des secrets partagés sur Internet et des promesses envoyées par SMS. Je veux quelque chose de dangereux. De la chaleur. De la passion. Le frisson suscité par le fait d'être possédée totalement.

Parce que je soupçonne cet étranger anonyme de ne pas être du tout un inconnu pour moi.

* * *

Lizzy Thompson a rencontré Riverrat69 sur Internet par l'intermédiaire de Something Real, un site qui s'engage à fournir à ses utilisateurs la possibilité d'établir des relations sérieuses en leur interdisant d'échanger leurs noms et leurs photos tant qu'ils n'ont pas atteint certains critères. Elle recherchait l'amour. Il se renseignait sur un investissement. Ils ont accroché. Ils ont parlé et flirté, dissimulés derrière des pseudonymes et des avatars de dessins animés.

Mais maintenant, ils vont enfreindre les règles du jeu et se rencontrer en personne. Liz s'est préparée. Elle a relevé les indices et suivi les indications. Elle est sûre à quatre-vingt-dix pour cent d'avoir découvert l'identité de son ami en ligne qui parle si bien de choses salaces.

Elle se demande si son ex-amant Sam Bradshaw a lui aussi percé son identité.

Quand elle jette les dés pour une nuit de passion débridée, sa chance de saisir quelque chose de réel pourrait bien s'écrouler.

*Something Dangerous* est le premier roman (Livre 1) de la nouvelle série torride « Reckless and Real ». L'histoire de Liz et Sam trouve sa conclusion dans *Something Real* (Livre 2), à paraître en janvier 2017.

# 1

# LIZ

**Riverrat69 :** Je suis jaloux de ton rencard de demain.

**Tink24 :** Pourquoi ? Je croyais que tu n'aimais pas les rencards.

**Riverrat69 :** Je suis jaloux de ce qu'il va pouvoir te faire. À moins que je n'imagine simplement ce que je te ferais si j'étais ton rencard.

**Tink24 :** Oh, raconte...

**Riverrat69 :** Je commencerais par m'assurer que tu portes une jupe. Sans rien dessous.

**Tink24 :** Cela pourrait peut-être s'arranger...

**Riverrat69 :** Je t'emmènerais dans un endroit où l'on sert du très bon vin et je te ferais asseoir à côté de moi dans le box de façon à t'observer pendant que tu te régales tout en ayant la possibilité de glisser plus facilement ma main sous ta jupe. Tu as déjà pris ton pied au milieu d'une salle pleine de monde ?

**Tink24 :** Je ne crois pas, non… et je ne suis pas sûre que je pourrais…

**Riverart69 :** Ne t'inquiète pas. Moi je t'y amènerais. Je te toucherais légèrement au début, pour te chauffer pendant que tu siroterais ton vin. Puis je glisserais un doigt en toi en murmurant à ton oreille. Le serveur viendrait et il faudrait que tu commandes. Je pense que cela t'exciterait de savoir que je te caresse comme ça et que nous pourrions si facilement être découverts.

**Tink24 :** Je pourrais peut-être. Si tu t'y prends bien.

**Riverart69 :** Oh, je m'y prendrais bien. Rapidement, j'ajouterais un deuxième doigt et je te sentirais te contracter autour de lui. Est-ce que tu cries dans ces cas-là ? Parce que la clé pour prendre son pied en public, c'est que personne ne s'aperçoive de ce qui se passe sous la table. Pourrais-tu rester silencieuse pendant que je te baise avec mes doigts ?

**Tink24 :** Je pense que je pourrais y arriver, mais et toi dans tout ça ?

**Riverrat69 :** Ça, ce sont juste les préliminaires, Bébé. Si tu mouilles, je suis content.

**Tink24 :** Je mouillerais… je mouille.

**Riverrat69 :** Ce serait après le restaurant. Après t'avoir fait prendre ton pied en public, après avoir observé le plaisir inonder ton visage en jouissant, alors ce serait mon tour.

**Tink24** : Tu me ramènerais chez moi ? Tu m'attacherais ?

**Riverrat69** : On irait peut-être chez toi, mais j'apporterais tout ce dont j'ai besoin pour t'attacher au lit. Ça te plairait ?

**Tink24 :** C'est exactement ce que je veux.

**Riverrat69 :** Puisque tout ceci n'est qu'un fantasme et que nous savons tous les deux que tu seras avec je ne sais quel autre imbécile demain soir, voudrais-tu me faire une faveur ?

**Tink24 :** Laquelle ?

**Riverrat69 :** Mets ta main dans ta culotte.

**Tink24 :** Qui a dit que je portais une culotte ?

**Riverrat69 :** Tu veux ma mort ?

En relisant cette conversation, je m'agite inconfortablement dans mon lit. Tu parles d'une façon de commencer la journée ! Mais je me suis endormie en pensant à lui, j'ai rêvé de lui et je me suis réveillée avec lui en tête.

Je ferme les yeux et je me représente tout ce qu'il a décrit. Je m'imagine Sam assis à côté de moi au restaurant. Sam qui me chuchote des cochonneries à l'oreille tout en me touchant sous la table.

J'appuie la tête sur mon oreiller en gémissant. Sam pourrait faire ces choses. Et même si je doute de mes capacités à jouir en public, je suis sûre que Sam en serait capable. Il me ferait jouir dans sa main avant l'arrivée du dessert. Et après…

Je me retourne et j'enfouis mon visage dans l'oreiller. Peu importe ce qui se passerait ensuite. Comme River l'a dit, tout ce qu'il a décrit n'est qu'un fantasme. Et cette idée que j'ai, que mon ami anonyme en ligne – qui aime me dire des choses coquines, qui veut m'attacher – serait Sam, et que Sam c'est River, ce n'est probablement qu'un fantasme aussi. Même si c'est un fantasme qui persiste.

Et si c'est Sam, l'idée qu'il puisse me pardonner suffisamment pour vouloir faire ces choses avec moi de nouveau ? Ça, c'est indéniablement de l'ordre du fantasme.

* * *

## SAM

J'enfouis les mains dans ses cheveux et j'ouvre la bouche contre son sein, tirant son téton entre mes dents – un peu brutalement, juste comme elle aime. Elle a les yeux bandés et ses mains sont attachées au-dessus de sa tête avec mes cordes, à la rampe du deuxième étage. Elle est totalement à ma merci, et cela nous excite tous les deux.

Je descends le long de son corps, embrassant, dégustant, léchant chaque centimètre de sa peau. Liz dit mon nom en gémissant. Je n'arrête pas. Au contraire, je suce la chair tendre qui recouvre sa hanche et je glisse la main entre ses jambes, sur cet endroit chaud et moite et prêt pour moi.

– Sam !

Cette fois elle crie.

– Sam ! Sam !

Encore et encore, jusqu'à ce que mon nom ressemble plus à un grincement strident qu'à un mot.

En poussant un grognement, je me retourne et j'écrase le bouton d'arrêt de mon réveil plus fort qu'il n'est nécessaire. Je n'ai pas envie de m'interroger sur la raison pour laquelle je rêve de Liz Thompson alors que je ne lui adresse plus la parole. Ces rêves sont fréquents et de plus en plus frustrants, et ma queue ne veut pas savoir que je ne devrais pas la désirer, alors je la prends dans la main, je ferme les yeux et j'imagine Liz attachée comme elle l'était dans mon rêve.

Je serre le poing et j'imagine que j'empoigne son cul tout en la pénétrant si violemment que les murs en tremblent. Je peux presque entendre les petits bruits qu'elle fait quand je la caresse. Et ma main a beau n'être qu'un substitut minable, le fantasme rend ma branlette plus satisfaisante que d'habitude et je jouis rapidement et violemment avant que le réveil ne sonne de nouveau.

# 2

# LIZ

Il fut un temps où je croyais que je n'aimais rien tant en ce monde qu'un homme qui me dirait des cochonneries – le frottement de sa barbe dans mon cou entre deux paroles suggestives murmurées à mon oreille, le grondement rauque de sa voix, l'ivresse grisante de l'assurance de comment finirait la soirée, et celle de savoir que nous désirions les mêmes choses.

Mais je me trompais. Parce que, s'il est vrai qu'un bon nombre d'hommes sont capables de dire des cochonneries, je peux compter sur les doigts d'une main ceux que j'ai rencontrés qui le font bien. Au cours de mes escapades amoureuses des huit derniers mois, j'ai appris qu'il y a deux sortes d'hommes qui usent de mots cochons en ce bas monde : ceux qui utilisent ce genre de langage comme préliminaires, ce qui transforme mes jambes en guimauve, et ceux qui se contentent de répéter les paroles d'un rap de mauvaise qualité.

– J'ai envie de te la mettre, Bébé.

C'est ce que me dit mon rencard. Il se prénomme Harry. Et il est velu. C'est le genre de mec qui laisse le col de son polo ouvert de façon à mettre en évidence des touffes de poils désordonnées. Je n'ai rien contre les poils, mais je préfère qu'ils soient disciplinés et taillés là où il faut. S'ils sont dans cet état sur son torse, qu'est-ce que ça doit être dans son caleçon ?

– Tu as envie que je te la mette, hein ?

Il a l'air si sûr de lui.

Non, Harry le velu, je ne veux pas que tu me la mettes, pas du tout. Mais je ne le dis pas. Il a entre vingt-trois et trente-quatre ans (du moins, c'est ce que dit son profil), un boulot stable, il aime ses parents et recherche quelqu'un avec qui se fixer, de préférence à New Hope. Ce sont toutes les qualités que je recherche chez un homme, et je suis censée lui donner une chance. *J'aimerais* lui donner sa chance.

Pour choisir les hommes avec qui je sors, j'ai toujours privilégié un corps sexy et de remarquables aptitudes au lit – ce qui explique probablement pourquoi, à vingt-quatre ans, je n'ai encore jamais connu de relation amoureuse qui dure plus de trois mois.

– Hum, je fais en esquivant un deuxième baiser aromatisé à la bière. Désolée, mais je ne couche pas le premier soir. Jamais.

*Plus* jamais serait plus exact, mais je ne crois pas que Dieu me tienne rigueur de ce mensonge quand je le fais pour éviter une coucherie regrettable.

Nous sommes dans la salle du fond, chez Brady. C'est là que j'ai retrouvé Harry pour prendre un verre et il m'a coincée quand je sortais des toilettes, ce qui, de sa part, faisait montre d'une grande expertise en matière de séduction, parce qu'il faut bien dire que rien n'est aussi « sexy » que l'odeur d'urine et de bière éventée.

Son souffle est chaud et poisseux dans mon cou, sa main remonte le long de ma jupe. J'attrape son poignet pour l'arrêter et je décide de compter jusqu'à dix avant de le repousser. Il avait l'air sympa sur Internet. C'est peut-être la nervosité qui en fait un complet abruti ce soir.

– Tu veux que je prenne mon temps, Bébé ? Je peux faire ça. Avec moi, tu vas vouloir que ça dure toute la nuit.

*Ouais, ben, permets-moi d'en douter.*

– Écoute, Ha...

– Excusez-moi, dit une voix grave.

Je repousse Harry pour regarder par-dessus son épaule et je me retrouve en face de Sam Bradshaw. Sam *Le dieu du plumard* Bradshaw, LE Sam Bradshaw *qui m'a déjà vue nue*.

À son expression, je devine qu'il a assisté à plus de ma conversation intime avec Harry que je ne souhaiterais avoir vécu *moi-même*. Je ne suis pas sûre que le mot *mortification* soit assez fort pour décrire ce que je ressens en ce moment.

Je relève le menton.

– Tu voulais quelque chose ?

Sam désigne un point derrière moi.

– Aller aux toilettes.

– Oh. Bien sûr.

Sam dévisage Harry avant de me regarder avec un petit sourire moqueur.

– Amusez-vous bien, les jeunes.

*Alors lui, c'est un homme qui sait dire des cochonneries.* Sam pousse la porte battante pour entrer dans les toilettes. Les épaules larges et la démarche conquérante. Et pas la moindre touffe de poils en vue.

Harry se racle la gorge.

– Tu le connais ?

*Intimement.*

– C'est un ami de longue date.

Il fait un signe de tête vers la porte du fond.

– On se casse, Bébé ?

J'essaie, vraiment, de garder l'esprit ouvert en ce qui concerne les hommes qui ne ressemblent pas à Sam Bradshaw – des hommes qui ne *m'excitent* pas autant que Sam Bradshaw –, mais un trentenaire blanc bedonnant ne devrait pas essayer de parler comme les mecs de la fraternité de l'université de Sinclair.

– Je te ramène chez moi, je vais te montrer ce que je peux t'offrir.

Il me fait un clin d'œil – pour être bien sûr que je saisis le double sens du message, je suppose.

Je danse d'un pied sur l'autre, mal à l'aise.

– Je suis désolée, Harry, mais je parlais sérieusement quand je t'ai dit que je ne couche pas le premier soir.

Bien entendu, c'est le moment que Sam choisit pour réapparaître. Sam, pour qui j'ai sorti le grand jeu en deux occasions et avec qui j'ai remporté la somme fabuleuse de zéro rencard. Il pousse un petit grognement, me lance un sourire entendu et retourne dans le bar en me laissant seule avec un Harry velu et excité.

– On n'est pas obligés de coucher. Je vais te montrer qu'un vrai mec peut te donner du plaisir sans dépasser certaines limites.

– C'est juste que…

– Dis-moi ce que tu veux, Bébé.

Je sais ce qu'Harry a en tête, mais mes yeux ne quittent pas la silhouette de Sam qui s'éloigne et je me dis que la seule chose que je *veux*, c'est une seconde chance. Avec Sam.

– Rien. Je suis fatiguée, c'est tout.

– La prochaine fois, alors.

Il m'attire vers lui et pose un baiser mouillé sur ma bouche en aspirant mes deux lèvres entre les siennes. Je me demande s'il essaie de m'embrasser ou de m'avaler. Beurk.

– Bonne nuit, mon chou.

Je marmonne un vague bonsoir en le regardant sortir par la porte du fond, à la fois soulagée et déprimée de me retrouver seule encore une fois.

Et qu'est-ce que je suis censée faire maintenant ?

Je pourrais rentrer chez moi et me préparer un plateau télé, mais cela risquerait de me rappeler ce qui me pousse à donner des rencards à des mecs horribles comme Harry. Je pourrais passer à l'improviste chez ma sœur jumelle, Hanna, pour voir mes adorables petites nièces, mais cela voudrait dire regarder mon futur beau-frère baver devant ma sœur. L'adoration que Nate lui porte me rappellerait pourquoi des types comme Harry ne seront jamais à la hauteur. Je pourrais aussi passer un peu de temps utile sur des sites de recherche d'emploi pour poursuivre ma quête apparemment interminable d'un nouveau boulot.

Je choisis de boire.

Je me dirige vers le bar et je fais signe à Brady, le proprio de ce bistrot que mes amis et moi aimons tant.

– Ce type-là ? Vraiment ?

Je hausse les épaules. Brady m'a vue rencontrer un tas de mecs devant un verre depuis quelques mois, une seule fois pour la plupart.

– Il avait l'air bien sur le papier.

Il me sert un shot qu'il me passe par-dessus le comptoir.

– Si tu te mets à faire dans l'homme mûr, je vais m'inscrire sur la liste.

Je lui souris et j'avale la tequila cul sec, appréciant la chaleur qui se répand aussitôt dans ma poitrine

– Il prétend avoir trente-quatre ans. De toute façon, je ne suis pas vraiment sûre de pouvoir tenir la distance avec toi.

Je remets le verre à shot dans sa main ridée et couverte de taches de vieillesse.

En gloussant, il remplit mon verre.

– Peu de filles le peuvent.

Puis, plus sérieusement, il ajoute :

– Toujours aucune perspective ?

Je secoue la tête.

– Si ça se trouve, je vais rester vieille fille.

– Peut-être pas.

Il tourne les yeux vers l'autre côté du bar et je suis son regard vers le box où Sam est assis avec ses potes, William Bailey et Max Hallowell. Will et Max rient ensemble, mais Sam ne me quitte pas des yeux. Il soutient mon regard un moment avant de reporter son attention sur ses amis, et mon cœur me fait part de sa déception.

– Sam et moi, ça ne pourrait pas marcher.

Je me redresse sur mon siège. Comme tout bon barman qui se respecte, Brady connaît plus de choses sur les aléas de ma vie amoureuse que mes meilleures amies – surtout parce que celles-ci sont trop préoccupées par leurs vies amoureuses réussies pour que je veuille les ennuyer avec mes déboires.

– Pourquoi dis-tu cela ?

*Parce qu'il ne pourra jamais me pardonner l'erreur que j'ai commise un soir d'ivresse.*

– C'est le parfait play-boy. Cela m'amusait quand j'étais plus jeune, mais ce n'est pas le genre d'homme qui cherche à s'installer et à faire des enfants.

La simple idée de faire des enfants avec Sam fait battre mon cœur plus vite. C'est *ça* qui serait amusant. Je soupire.

– Si tu veux mon avis, tu le sous-estimes.

Je hausse les épaules.

– Appelle ça de l'intuition féminine.

Ou *chat échaudé craint l'eau froide*. Je sais à quoi m'en tenir avec Sam. Je l'ai appris dans la douleur la première fois que nous avons couché ensemble. Dès que j'ai voulu tenter de remettre le couvert, j'ai su à quoi m'attendre. Ou plutôt à quoi ne pas m'attendre.

– Moi, je dis que c'est idiot, dit Brady en hochant la tête. Tu t'obstines à pêcher des hommes dans ce ramassis de losers qu'on appelle Internet et tu as l'air étonnée chaque fois que tu te plantes.

J'avale mon deuxième shot, en faisant moins la grimace, cette fois.

– Il y a des tas de types qui vont sur des sites de rencontre sans pour autant être des losers.

Il grogne.

– Tu n'en as encore amené aucun *ici.*

Sur ce, il se dirige vers l'autre bout du bar pour servir un autre client. Je me retrouve devant mon verre vide, à contempler ma vie tout aussi vide.

Pas de boulot. Pas de petit ami. Pas de perspective.

Une alerte sonne sur mon téléphone dans mon sac – pas n'importe quelle alerte, mais la sonnerie spéciale assignée à l'appli Something Real. Ce son fait monter un sourire sur mes lèvres et mon estomac se noue d'impatience. Ce n'est pas bien, mais c'est comme ça. Il n'y a qu'une personne qui me contacte avec cette appli, et l'idée d'un nouveau message venant de lui me fait toujours sourire.

**Riverrat69** : Comment s'est passé ce rencard ?

**Tink24** : Disons que les baisers du rottweiller de ma sœur me font plus d'effet. C'est décidé, à partir de maintenant, je fais la grève des rencards.

Dès que mes sœurs et mes meilleures amies se sont mises à trouver l'amour de leur vie, j'ai pris la décision de prendre ma propre vie amoureuse plus au sérieux. Avant, je ne recherchais pas la stabilité et c'était avant tout le mec le plus sexy qui m'intéressait, mais cette époque est révolue. Après mon Super Fiasco de l'Été, j'ai décidé qu'il était temps de relever le niveau et j'ai commencé à m'inscrire sur des sites de rencontre, mais cette démarche sur les sites traditionnels ne m'a menée nulle part. Brady a raison là-dessus, et le rencard de ce soir avec l'Horrible Harry le prouve bien.

Tout en continuant à consulter les AmourToujours.com de la planète, je me suis dit que je pouvais tenter ma chance sur un nouveau service. Something Real est le nouveau site de rencontre branché pour les habitants de New Hope. Un développeur web a mis au point le programme et a fait des tests auprès des habitants de New Hope et des alentours. Ce qui rend Something Real unique, c'est qu'il n'autorise pas ses utilisateurs à échanger des photos ni même leurs noms jusqu'à ce qu'ils aient atteint certains critères dans leur relation. C'est comme ça que j'ai rencontré Riverrat69, mon ami anonyme et mon obsession du moment.

L'objectif de Something Real correspond tout à fait à ce que je recherche : une relation sérieuse entre personnes qui désirent des enfants, une relation qui dure toute la vie. River, lui, n'était pas sur le site pour chercher l'amour. C'est une personne qui a eu l'opportunité d'investir dans le logiciel. Il voulait le tester et se mettre dans la peau de l'utilisateur avant d'engager les fonds dont le développeur a besoin pour aller plus loin.

River n'a pas les mêmes motivations que moi et il a été clair à ce sujet depuis le début. Mais on a accroché malgré tout.

Au cours des deux derniers mois, on a pris l'habitude de s'envoyer des messages toute la journée, et j'attends les siens avec l'impatience d'une toxico qui attend son prochain fix. Je l'aime bien, mais de son côté, pour autant que je le sache après tout ce temps, la seule chose qu'il veut, c'est m'attacher et me faire jouir.

Ce qui n'est pas très différent de ce que Sam Bradshaw m'a dit un jour vouloir me faire.

Mon téléphone vibre dans ma main quand son message suivant arrive.

**Riverrat69** : Tu peux trouver mieux que ce mec-là, en tout cas.

Comment peut-il le savoir ? Je me mords la lèvre inférieure. Est-ce que c'est juste une phrase toute faite qu'on dit comme ça ou est-ce qu'il sait avec qui j'étais ce soir ? Je regarde par-dessus mon épaule la table où Sam est assis. Max est au téléphone et William n'est plus là. Quant à Sam, il est en train de taper quelque chose sur son téléphone. Mon cœur s'emballe en même temps que mes parties intimes, et je leur dis à l'un comme aux autres de se calmer.

Sam relève la tête et nos regards se croisent. Quand mon téléphone se met à vibrer dans ma main, je fais un bond.

**Riverrat69** : J'ai un aveu à te faire.

**Tink24** : Lequel ?

**Riverrat69** : Je ne peux pas détacher les yeux de cette dernière photo.

Je ferme les yeux et j'essaie d'imaginer mon ami sans visage en train de regarder la photo que je lui ai envoyée ce matin. Après avoir relu les textos d'hier soir, j'étais tellement excitée que lui envoyer une photo de ma hanche était le meilleur exutoire à ma frustration.

Depuis le début, nous nous sommes conformés à la règle de l'anonymat, mais je lui ai envoyé des photos. Mes jambes nues étalées sur le lit, du genou à la cheville, mes doigts de pieds après une pédicure, mon cul moulé dans une culotte noire toute neuve – des pièces d'un puzzle érotique que je voudrais absolument qu'il assemble.

**Tink24 :** `Je t'avoue que j'espérais que tu aurais ce problème.`

**Riverrat69 :** `Je ne peux pas parler pour l'instant, mais envoie-moi un message quand tu te coucheras ce soir.`

Soudain, la perspective de me mettre au lit toute seule semble bien plus attirante que cela ne l'a été depuis des semaines. Je relis le message. *Je ne peux pas parler pour le moment.*

Je relève brusquement la tête et je vois Sam assis avec son téléphone sous la main. J'étais si absorbée par la lecture des messages de River que j'ai oublié d'observer Sam pour voir s'il était en train de taper avant chacun d'entre eux.

Je ne sais pas si mon ami sur Internet habite à New Hope, mais je sais qu'il vit dans la région et qu'il a fréquenté le lycée de New Hope. Je sais qu'il a une grande famille et qu'il est dans la finance, comme Sam. Je sais qu'il s'est brûlé les ailes dans une histoire d'amour et qu'il ne veut pas entendre parler d'engagement.

Je sais qu'il tient des propos obscènes comme un pro et qu'il veut m'attacher – et c'est donc ce qui m'a fait penser que l'inconnu anonyme à qui je parle n'est pas du tout un inconnu. Tous les indices concordent pour désigner Sam Bradshaw, ce don de Dieu pour toutes les femmes où qu'elles soient. Cette intuition m'est venue très tôt dans nos échanges, mais je l'ai rejetée en me disant que je prenais mes désirs pour des réalités. N'empêche, tous les indices concordaient, et depuis que nous échangeons des messages coquins, je m'imagine que c'est Sam.

Je m'oblige à regarder ailleurs. Mon vrai problème en ce moment, c'est que je n'arrive pas à décider si River est vraiment Sam, ou si j'ai juste envie qu'il le soit.

D'accord, ce n'est pas mon seul et unique problème. Si River est réellement Sam, cela suppose toute une liste de nouveaux problèmes. En tête de cette liste ? Depuis l'été de mon Super Fiasco, Sam me déteste.

Je jette un nouveau coup d'œil dans sa direction et en voyant qu'il est parti, je ressens un profond soulagement. En fait, je suis une trouillarde et je ne suis pas prête à admettre à quel point j'ai envie que Sam soit l'homme avec lequel je communique en ligne.

***

## SAM

– Bonsoir, Monsieur Bradshaw.

Le son de cette voix me fige le sang, mais je refuse de laisser mon corps réagir.

Asia Frank est assise dans le halo de lumière diffusé par la lampe de mon porche. Ses cheveux noirs coupés très court en mèches dégradées plaquées sur son crâne mettent en valeur ses grands yeux bleus. Elle porte une petite jupe totalement inappropriée par cette température, et une cigarette pend au bout de ses doigts.

À part un cigare de temps en temps avec mes potes, je n'ai jamais été fumeur. Mais le simple fait de la voir me donne envie de lui piquer cette cigarette et de la fumer jusqu'au filtre.

– Asia, je réponds d'une voix glaciale.

Elle penche la tête sur le côté pour me lancer un de ces regards dont elle se sert si habilement pour manipuler les hommes de son entourage.

– Tu pourrais au moins faire comme si tu étais content de me voir. Cela fait si longtemps.

– Pas assez, en ce qui me concerne.

Elle fait la moue en avançant la lèvre inférieure. Quand je pense que cela me faisait craquer à une époque, j'ai du mal à le croire.

– Ok, d'accord. Si tu le prends comme ça.

Je croise les bras et lui jette un regard appuyé.

– Bébé, il fait froid dehors. Tu ne m'invites pas à entrer ?

– Je ne veux déjà pas que tu t'approches de chez moi, ce n'est pas pour te faire entrer.

Comme si j'avais appuyé sur un interrupteur, son visage se durcit, faisant disparaître en un clin d'œil toute cette fausse douceur.

– Il y a des choses qui ne changent pas et je peux te dire que tu es toujours le même connard.

– Dis-moi ce que tu veux. Je n'aime pas me trouver si près de toi.

Elle se lève prudemment en laissant tomber sa cigarette qu'elle écrase d'un mouvement rageur de la pointe de sa chaussure rouge à talon.

– J’ai besoin d’argent.

– Hors de question.

Je sors mes clés de ma poche, prêt à rentrer chez moi en la laissant dehors. Je n’ai aucune envie d’écouter je ne sais quelle histoire à faire pleurer dans les chaumières. Je suis tombé dans le panneau une fois, je ne vais pas recommencer. Pas cette fois.

– Les deux dernières années ont été très dures. J’étais tellement déprimée que je pouvais à peine me lever la plupart du temps. Toutes mes économies ont servi à payer des factures

Je pousse un grognement. Les fameuses « économies » dont elle parle sont en fait le pécule que je lui ai constitué quand je croyais qu’elle portait mon enfant. Ça m’étonnerait qu’Asia ait eu le moindre centime à la banque avant de faire un test de grossesse. Je mets brusquement la clé dans la serrure et je pousse la porte pour l’ouvrir.

– Va te chercher une autre poire.

Un éclair de colère brille dans son regard, mais immédiatement sa voix se fait câline à nouveau. La pauvre petite Asia, si malheureuse comme toujours.

– Tu ne peux pas faire comme si je n’existais pas. Tu connais très bien la cause de ma dépression.

Quand elle penche la tête avec ostentation, je regarde par-dessus mon épaule pour voir pour qui elle fait tout ce cirque, et ouais, bien sûr, madame O’Neil qui nous observe de son porche n’en perd pas une miette.

– Tout va bien, Sam ?

– Ne me renvoie pas, Sam, dit Asia avec emphase.

Elle cligne des paupières plusieurs fois et parvient à verser quelques larmes.

– Pas avant de m'avoir écoutée.

– Sam ? insiste madame O'Neil.

– Tout va bien, Madame O'Neil. Asia, tu veux qu'on parle de cela à l'intérieur ?

Je fais un effort pour ne pas lui cracher les mots au visage. Elle me lance un sourire satisfait.

– En fait…

Elle entre chez moi d'un pas décidé. Je suis un mec plutôt sociable et rares sont les gens que je ne veux pas voir chez moi. Mais Asia Frank arrive en tête. Et pourtant, elle est là.

Je referme la porte derrière moi.

– Pas question de te donner de l'argent.

– Oh, bien sûr que si, tu vas m'en donner.

Elle entre sans se presser et observe l'espace ouvert.

– Tu vas me donner tout ce que je veux, parce que tu ne voudrais pas que mon histoire vienne détruire ta bienheureuse petite vie.

Du regard, elle scrute la pièce et je sais ce qu'elle cherche – n'importe quel objet qui ait de la valeur et qui renforcerait son idée que le monde est injuste et que certaines personnes ont tout alors qu'elle n'a rien. Tout ce qui peut justifier qu'elle me fasse chanter.

Je croise les bras.

– Ton histoire n'intéresse personne.

De nouveau elle pointe sa lèvre inférieure.

– Pourquoi est-ce que tu me détestes autant ?

*Parce que tu as volé quelque chose qui m'appartenait.*

– Je pense au contraire que des tas de gens seront intéressés par mon histoire. Surtout maintenant que ton père se présente au poste de gouverneur. J'ai cru comprendre que la concurrence est rude pour les primaires.

– Son fils a baisé une strip-teaseuse un soir de cuite. Les électeurs en ont vu d'autres.

Elle pousse un profond soupir.

– Ce que je crois, c'est qu'ils trouveraient intéressante la partie où tu m'as obligée…

Elle me regarde droit dans les yeux et cligne des paupières pour faire remonter ses larmes de crocodile.

– La partie où tu m'as obligée à avorter. J'aurais fait n'importe quoi pour garder mon bébé.

La rage monte en moi si vite et si violemment que je fais trois pas vers elle avant de me forcer à me retenir en serrant les poings le long de mon corps.

– Espèce de connasse. Qu'est-ce que je t'ai fait ?

Ma voix résonne de colère et de haine.

Son regard se durcit et elle sort quelque chose de sa poche. Lorsqu'elle me montre un enregistreur minuscule, je recule de quelques pas en trébuchant. Je n'ai aucun mal à imaginer l'effet que notre échange produirait sur n'importe qui à qui elle le ferait écouter. Et je sais qu'elle n'hésiterait pas une seconde à le faire écouter à quiconque serait prêt à lui donner ce qu'elle voudrait en échange.

– Que veux-tu de moi ?

Elle s'approche et passe les mains sur mon torse. Je ne les repousse pas parce que je ne suis pas certain de me contrôler si je pose la main sur elle. Jamais de ma vie je n'ai autant détesté quelqu'un. Je n'ai jamais voulu faire de mal à une femme, mais elle, j'en ai vraiment envie.

– Je ne te le pardonnerai jamais, tu sais, murmure-t-elle. Tu m'as fait croire…

Cette remarque est destinée à l'enregistrement, cela ne fait aucun doute.

– Combien ?

– Dix mille, et je disparais.

– Et si je refuse ?

– Je rendrai mon histoire publique.

– Je leur dirai la vérité.

Elle glisse les doigts sur les boutons de ma chemise, un à un.

– Il est évident que tu mentirais pour protéger ton père du scandale. Tout comme tu m'as payée pour me faire avorter pour protéger ta famille du scandale.

Je saisis son poignet et je serre.

– Dix mille, et tu sors de ma vie.

– Bien sûr. Je ne demande pas plus que ce qu'il me faut pour m'en sortir. Tu ne sais pas à quel point ça a été dur pour moi.

Son regard se porte sur son poignet que je serre.

– Je pense que tu vas me faire des bleus. Qu'est-ce que les gens vont penser ?

Je la lâche et je recule.

– Je te donnerai cet argent.

– Je suis heureuse de voir que nous nous comprenons.

Elle se dirige vers la porte en balançant les hanches.

Je n'oublierai jamais cette soirée où Asia s'est pointée chez moi il y a deux ans. J'avais encore la tête pleine d'images de la visite impromptue de Liz à mon bureau, et je tombais sur Asia, qui m'attendait pour combler mon désir en me disant qu'elle comptait garder le bébé.

J'étais si abasourdi et reconnaissant que j'ai dû faire un effort pour ne pas oublier de respirer. J'ai pris le visage d'Asia entre mes mains pour la regarder sérieusement.

– Tu me le jures ?

Je ne sais pas ce que je comptais y voir, mais je la regardai fixement jusqu'à ce que je sois sûr de pouvoir la croire.

– Je te le jure.

Alors je l'ai embrassée – non parce que je l'aimais ni que je comptais faire ma vie avec elle. Je l'ai embrassée parce que je comprenais qu'elle m'offrait un présent.

Après son départ, j'ai pris une douche, je me suis habillé et je suis retourné chez Lizzy. Je n'aime pas raconter ma vie privée, mais je tenais à parler à Liz d'Asia et du bébé. Je m'aventurais en terrain inconnu et j'avais besoin du soutien d'une personne amie. Je voulais que cette personne soit Liz, qu'elle fasse partie de ma vie.

Quand je suis arrivé chez elle, quelque chose avait changé dans son attitude. Elle était plus distante. Presque comme si elle était gênée de me regarder. Je lui ai demandé de m'accompagner pour une promenade et je gardais les yeux sur les feuilles brunissantes en cherchant mes mots. Je n'avais jamais demandé à une fille de sortir avec moi de façon régulière, je n'en avais jamais eu envie, alors je ne savais pas du tout par où commencer avec Liz. Je me décidai enfin à rompre le silence.

– Je sais que nous avions dit que ce n'était qu'une aventure sans lendemain…

Elle me sourit d'un air tendu.

– Pas de liens, pas d'attaches, pas d'attentes. Tu n'es pas venu me dire que tu as changé d'avis à mon sujet, si ?

Une petite voix au fond de moi me dit que c'était *ça* la raison pour laquelle je n'avais jamais demandé à une femme autre chose que du sexe. *Elle ne veut pas de toi*, me prévenait-elle.

– Je…

Et quand je lui aurais dit qu'une autre femme attendait mon enfant ? Est-ce que je pouvais vraiment croire que cela allait plaider en ma faveur ?

– Une amie m'a annoncé quelque chose ce matin et je me demandais si je pouvais t'inviter à prendre un verre. Pour t'en parler.

– Je n'ai pas tellement le temps, là.

Elle détourna le regard.

– On a dit pas d'attentes, Sam, et ça marche dans les deux sens, ok ? Je préfère qu'il n'y ait pas de malentendu entre nous.

Elle avait accepté ce que je lui avais offert, et elle ne voulait rien de plus. Je déglutis avec difficulté, je n'avais pas envie de dire seulement adieu.

– Tu n'es pas comme les autres, Canaille. Parfois j'ai l'impression que tu n'en es pas vraiment consciente.

– Je suis juste une fille qui avait besoin d'une bonne baise. Et je t'en remercie.

Elle parlait d'une voix à la fois monocorde et coupante qui pénétra dans ma poitrine comme une lame rouillée et ébréchée.

– Je ne sais même pas quoi penser de toi.

– Est-ce bien important ?

Elle dansait d'un pied sur l'autre, l'air gêné.

– Pourrais-tu me faire une faveur ? Ne parle à personne de notre petite… indiscrétion ? J'aimerais que cela reste notre secret ? Je ne veux pas que les gens se méprennent sur mon compte.

J'aimerais pouvoir dire que c'était la première fois qu'à cause d'une femme je n'étais pas très fier de moi, comme si nous partagions un secret glauque qu'elle préférait ne pas divulguer aux autres. J'aimerais pouvoir dire qu'elle était la première à me faire ressentir qu'elle ne présentait pour moi aucun autre intérêt que le cul. Peut-être que si je n'avais pas été si habitué à ce genre de relations avec les femmes, je me serais battu avec plus de conviction pour la garder. Elle serait peut-être devenue ma petite amie et ce qui s'est passé l'été dernier ne serait jamais arrivé.

– À qui est-ce que j'en parlerais ?

Alors, je suis allé au gymnase et j'ai fait une longue séance de muscu, à laquelle je n'ai mis un terme que lorsque mes poumons et mes muscles épuisés ont protesté avec véhémence. Je n'ai jamais parlé à personne de ma nuit avec Liz, ni d'Asia, ni à âme qui vive que j'allais être père et que j'étais tout à la fois excité, enthousiaste et terrifié à cette idée.

Je n'ai pas eu à le dire parce qu'Asia a utilisé mon argent pour s'acheter des meubles et se constituer une petite réserve sympa sur son compte d'épargne et n'est revenue me donner de ses nouvelles que pour m'annoncer qu'elle s'était fait avorter et qu'elle ne voulait plus jamais entendre parler de moi.

# 3

# LIZ

Quand je rentre chez moi, la maison est étrangement silencieuse. Le plus souvent, je regrette l'époque où Hanna et moi vivions ensemble ici. Elle est à la fois ma sœur jumelle et ma meilleure amie. Enfants, nous dormions dans la même chambre, et cela a continué à la cité universitaire puis dans cette maison, lorsque nous étions à la fac. Elle me manque, mais ce soir je suis contente d'être seule parce qu'un inconnu anonyme veut bavarder avec moi quand j'irai me coucher.

Je prends une douche, me lave les cheveux pour faire disparaître l'odeur du bar et d'Harry qui imprègne ma peau. Au lieu du pantalon de jogging et du sweat-shirt que je porte habituellement en hiver, j'enfile une fine combinaison de soie noire qui glisse sur ma peau et dans laquelle je me sens gravement sexy. Il ne me verra pas, mais ce n'est pas pour autant que je n'ai pas envie de me sentir bien – être sexy, c'est un état d'esprit, après tout.

J'attrape mon ordi et je me couche. Même si nous avons tous les deux l'appli sur nos smartphones, la majeure partie de nos échanges se fait sur le clavier ; c'est beaucoup plus facile de taper nos bribes de texte de cette façon.

Je m'enfonce dans mes oreillers et j'allume mon ordi. Ma page de discussion s'ouvre immédiatement et je ne peux me retenir de sourire quand je vois le voyant vert allumé près de son nom.

**Tink24 :** Ça fait longtemps que tu m'attends ?

**Riverrat69 :** Cela en valait la peine. Comment te sens-tu ?

**Tink24 :** Mieux depuis que je me suis douchée pour faire disparaître toute trace de mon rencard de ce soir.

**Riverrat69 :** Ce n'est pas bon signe. Est-ce qu'il faut que j'aille trouver ce gars pour lui flanquer une raclée ?

**Tink24 :** Ah ! C'est gentil de ta part, mais ce n'est pas la peine. C'est juste que je me sens… frustrée.

**Riverrat69 :** Sentimentalement ou sexuellement ?

**Tink24 :** Les deux, pour être honnête.

**Riverrat69 :** J'ai du mal à croire qu'une fille comme toi n'ait pas une foule de mecs qui se bousculent devant sa porte.

**Tink24 :** Une fille comme moi ? C'est-à-dire ?

**Riverrat69 :** Drôle. Intelligente. Vachement sexy.

**Tink24 :** Tu ne m'as jamais vue. Comment peux-tu savoir si je suis sexy ?

**Riverrat69 :** Une simple hanche en dit long sur une fille… et aussi le genre de culotte qu'elle porte.

**Tink24 :** En fait, mon apparence n'a jamais été un problème pour moi. Je ne dis pas que je suis canon, mais je ne manque pas de mecs prêts à coucher avec moi si j'en ai envie.

**Riverrat69 :** Mais tu veux… quelque chose d'autre, quelque chose en plus.

**Tink24 :** C'est ça. Je n'ai pas honte de le dire. Pourquoi est-ce que ce n'est pas le cas pour toi ?

**Riverrat69 :** Ça l'a été, à une époque. Les choses n'ont pas tourné tout à fait comme je l'espérais.

**Tink24 :** Que veux-tu dire ?

Je serre les paupières, totalement consciente de la prise de tête à laquelle je m'expose en ayant cette conversation avec *Peut-être Sam*, à essayer d'interpréter tout ce qu'il dit.

Je pousse un long soupir et quand je rouvre les yeux, je vois que le curseur continue à clignoter – il ne répond pas. Je devrais laisser tomber les questions trop personnelles.

**Tink24 :** Tu n'es pas obligé de répondre à ça.

**Riverrat69 :** Non, ça ne fait rien. C'est juste que je ne sais pas trop comment répondre. Ne te brade pas, d'accord ? Je sais que tu recherches une relation sérieuse et que cela peut être frustrant, mais ne te contente pas de quelqu'un pour qui ton cœur ne s'emballe pas.

Mon cœur s'emballe pour Sam. *Mon cœur s'emballe pour toi.*

Je le tape sur le clavier, mais aussitôt après je garde le doigt appuyé sur la touche « effacer » jusqu'à ce que les mots disparaissent.

**Riverrat69 :** Parle-moi de l'homme de tes rêves. À quoi ressemble-t-il ?

Je garde les yeux rivés sur mon ordi un long moment, le cœur battant à tout rompre. À une époque, j'ai imaginé que Sam était l'homme de mes rêves. Je l'avais désiré pendant si longtemps, et quand finalement nous avons conclu, c'était… parfait. Sexy et passionné, mais intense, aussi, dans un registre que je pourrais presque qualifier de sentimental. Je ne peux en vouloir qu'à moi-même si j'ai nourri des espérances à la suite de cette nuit-là. Sam m'avait prévenue qu'il n'était pas intéressé par une relation durable.

*« Je ne fais pas dans les liens sentimentaux. »*

Et moi, sotte et naïve, j'ai pensé qu'il voulait que je le sauve, que je sois celle qui changerait cela chez lui.

Je suis allée chez lui et je l'ai trouvé avec elle. Une femme que je n'avais jamais vue. Ce n'était pas juste de souffrir en voyant ça. Il ne m'avait fait aucune promesse. Mais la façon dont il la tenait dans ses bras. La façon dont il la *regardait.*

Il ne voulait pas de moi pour se réparer, mais il la regardait comme si elle y était parvenue. Et mon cœur se brisa en voyant cela.

**Riverrat69 :** `Laisse tomber. C'est idiot.`

En secouant la tête, je repose les doigts sur mon clavier. J'ai envie de taper : *Es-tu Sam Bradshaw ?* Mais je ne le fais pas. Je ne suis pas prête à affronter une certitude. De plus, je ne suis pas prête à lui dévoiler qui je suis.

**Tink24 :** `Ce n'est pas idiot, mais ce n'est pas facile de répondre à cette question.`

**Riverrat69 :** `Essaie quand même.`

**Tink24 :** `Le fiancé de ma sœur lui a offert un chien. Pas un chiot – ils ont deux nouveau-nés, alors un chiot serait plutôt cruel. Il lui a acheté un chien. Elle s'appelle Nana, comme le chien dans` *Peter Pan*`. Elle est très douce et habituée aux enfants, mais son maître précédent s'est rendu compte que leur enfant était allergique, alors ils ont dû lui trouver un nouveau foyer.`

`Le fiancé de ma sœur est un mec bien, et je l'ai toujours apprécié, mais quand il a ramené ce chien à la maison, j'ai pensé que je l'aimais. Quelle femme n'aimerait pas un homme qui lui achète un chien ?`

**Riverrat69 :** Donc tu recherches un homme qui t'achètera un chien ?

**Tink24 :** Je voudrais un homme qui sache quand j'aurai besoin d'un chien.

Je plisse le front. Ces conversations obscures, personnelles mais vagues, sont devenues la norme entre nous. Ce qui est triste, c'est que même sans les détails personnels et alors que je m'efforce de préserver mon identité, je me sens plus proche de cet homme que de tous les rencards avec qui je suis sortie au cours des huit derniers mois. Cela me fait peur. Je commence à me demander si je ne suis pas destinée à demeurer célibataire pour le restant de mes jours.

**Riverrat69 :** Je te souhaite de le trouver, sincèrement.

**Tink24 :** Assez parlé de moi. Comment s'est passée ta journée ?

**Riverrat69 :** Cette photo m'a tué ce matin. As-tu la moindre idée de ce que ça fait de mener à terme une réunion de travail quand une belle femme t'envoie une photo de son cul ?

**Tink24 :** Désolée, mais pas désolée !

**Riverrat69 :** Il ne te manque rien. De l'esprit, un corps de rêve, de l'humour. Tu me fais...

**Tink24 :** Quoi ?

**Riverrat69 :** Tu me fais espérer qu'il pourrait y avoir autre chose. Tu me donnes envie d'aller plus loin.

**Tink24 :** `Tu as toujours été très clair dans ce domaine.`

Après une seconde d'hésitation, je tape.

**Tink24 :** `Et si nous nous rencontrions ? Je veux dire, en dehors de Something Real.`

Je retiens mon souffle en attendant sa réaction. Soit le manque d'oxygène rend le temps plus long, soit il prend plus de temps que d'habitude pour répondre.

**Riverrat69 :** `New Hope est une petite ville. Il n'est pas exclu que cela arrive.`

Je commence à taper *Tu habites à New Hope maintenant ?*, mais je l'efface aussitôt. Cette question briserait l'accord tacite que nous avons de rester dans l'anonymat. Et, en toute franchise, quelque part, cet anonymat me plaît. Un peu comme si le fait de savoir son nom le rendrait trop réel et une fois qu'il serait réel, je devrais le laisser tomber pour faire de la place pour la vraie relation que je me suis promis de trouver.

Je me retourne sur le ventre et, en installant mon ordi devant moi, je repositionne l'écran de façon à ce que la caméra soit orientée directement sur mon décolleté bien mis en évidence. Je joins la photo à un nouveau message et j'envoie le tout, une façon de me rappeler exactement ce qu'est cette relation et ce qu'elle n'est pas.

**Riverrat69** : `Bon sang ! Tu me tues.`

**Tink24 :** J'aime penser à toi en train de me regarder. Même si ce n'est qu'un petit bout à la fois.

**Riverrat69 :** Ce matin, lorsque tu m'as envoyé cette photo, je ne pensais qu'à une chose, t'enlever cette culotte. Je bandais tellement que j'avais du mal à me concentrer sur ma réunion.

**Tink24 :** Dis-moi à quoi tu pensais.

**Riverrat69 :** Je pensais à quel point j'ai envie de t'attacher au lit pendant que tu me regardes te déshabiller. J'ai envie de goûter chaque centimètre de ton corps – en commençant par le cou et en allant de plus en plus bas. J'embrasserais tes seins et ton ventre, et quand j'arriverais enfin à tes jambes, je les écarterais pour pouvoir te regarder avant d'enfouir mon visage entre tes cuisses.

Pendant un instant, un truc me chiffonne – la froideur des mots qui s'inscrivent en noir sur le blanc de l'écran –, mais je ferme les yeux et j'imagine que c'est Sam qui me chuchote à l'oreille, et je suis obligée de serrer les jambes pour apaiser la tension que je ressens là. Mais ce mouvement ne fait qu'empirer les choses. C'est une vraie torture. Il faut soit que j'arrête tout soit que j'aille plus loin – que je le rencontre, que je sache son nom, que je le confronte à toutes les suggestions qu'il a faites depuis quelques semaines.

**Riverrat69** : Bonne nuit, ma beauté sexy. On se reparle demain.

Je regarde sur l'écran le petit voyant vert à côté de son nom devenir gris et je garde les yeux fixés bêtement devant moi encore quelques minutes. Je ferme mon ordi, j'enfonce mon visage dans mon oreiller et je crie.

* * *

Il suffit d'entrer dans cette pâtisserie pour risquer de prendre au moins deux kilos, mais je serais prête à prendre du ventre et un double menton plutôt que de renoncer à ma visite rituelle tôt le matin jusqu'à la fin de mes jours.

La sonnette retentit quand je pousse la porte en verre de la pâtisserie de ma sœur jumelle, Café, Gâteaux et Confiseries. Notre sœur aînée, Krystal, est à l'œuvre derrière le comptoir ce matin, en train de ranger les filtres à café ou je ne sais quoi. À Noël dernier, elle est venue remplacer Hanna à la direction de la boutique pendant son congé de maternité. Quand Hanna a repris le travail après la naissance des jumelles, elle a gardé Krystal de façon à pouvoir se concentrer sur la confection des gâteaux et avoir plus de temps libre. Et franchement, Krystal s'en tire très bien – mieux que moi, même si Hanna ne s'est jamais plainte.

– Bonjour, Liz, dit Krystal. Un café ?

– S'il te plaît. Et tu peux ajouter genre une demi-tasse de cette sauce au caramel dedans ?

Krystal, préoccupée comme toujours par notre santé, lève un sourcil, mais fait ce que je lui demande. Je prends un croissant au chocolat. La vie est trop courte pour ne pas manger les croissants au chocolat d'Hanna. Sérieux.

– On m'a dit que tu avais eu un nouveau rencard hier soir, dit Krystal en me tendant mon café.

– Qui t'a dit ça ?

Je prends une bouchée de ma viennoiserie au chocolat. Bon sang, c'est bon cette cochonnerie.

– C'est dans le *New Hope Tattler.*

Je me rembrunis.

– Qu'est-ce qu'ils en ont à faire de ma vie amoureuse ? Sérieusement, il ne se passe rien de plus intéressant dans cette ville ?

Elle hausse les épaules.

– Il y a aussi un article entier consacré au mariage d'Hanna. C'est New Hope. Qu'est-ce que tu veux y faire ?

– Est-ce que la future mariée est au fond ?

– Jusqu'aux coudes dans le fondant.

– Et je ne voudrais pour rien au monde être ailleurs, crie Hanna depuis la cuisine.

En souriant, je prends mon café et mon croissant et je me dirige vers l'endroit d'où nous parvient sa voix.

– Il n'existe pas une règle interdisant aux futures mariées de confectionner leur propre gâteau de mariage ? je demande en la voyant étaler une mince couche de glaçage fondant.

Avant, je détestais cette cochonnerie mais c'était avant que j'essaie celui d'Hanna.

– Si c'est le cas, c'est une règle idiote.

Elle est radieuse aujourd'hui. En y repensant, elle est radieuse tous les jours depuis que Nate est venu s'installer en ville, et cela s'est encore amplifié après la naissance de ses jumelles.

Mon cœur est tiraillé entre l'envie et le bonheur comme chaque fois que je me trouve près d'elle. Personne au monde ne mérite plus que ma sœur jumelle d'être heureuse et je pourrais embrasser les pieds de Nate pour être l'artisan de son bonheur. Mais j'aimerais tant avoir un peu de ce qu'elle a. Tellement que cela fait presque mal.

– C'était bien ton rencard d'hier soir ?

– Tu n'as pas lu ce qu'ils en disent dans *le Tattler* ?

Elle lève les yeux au ciel.

– Si. Juste avant de lire qu'on dit que Taylor Swift sera une de mes demoiselles d'honneur.

Je ricane.

– Un point pour toi. Donc, le *Tattler* n'est sans doute pas un *modèle* d'exactitude, mais tous les détails horribles qu'il donne à propos de mon rencard avec Harry sont probablement vrais, malheureusement.

– Ils disent que c'était un marchand de tapis de cinquante-deux ans venant de Terre Haute, dit-elle en levant un sourcil.

Je fronce le nez.

– *À l'en croire,* il avait trente-quatre ans, mais il se peut qu'il ait triché d'une ou deux décennies.

– C'était si nul que ça ?

Je hausse les épaules.

– Ce n'est pas tellement un problème d'âge. Je ne serais pas contre un mec plus vieux du genre George Clooney. Mais là, je n'ai pas ressenti la moindre étincelle.

– Tu cherchais une étincelle ?

– Il m'a coincée au moment où je sortais des toilettes. Il a enfoncé sa langue dans ma bouche.

Je secoue la tête.

– Et c'est là que Sam est apparu comme par enchantement.

– Tu étais où, déjà ?

– Chez Brady.

– Il faudrait peut-être que tu arrêtes de donner tes rendez-vous chez Brady si tu ne veux pas tomber sur Sam.

Mais peut-être que, justement, je *veux* tomber sur Sam. Peut-être que Sam me manque. Je secoue la tête et je reprends une bouchée de mon croissant. Hanna est au courant de mon Super Fiasco de l'Été et de ses conséquences sur ma relation avec Sam. À supposer qu'une telle relation ait existé. Je regrette qu'il ne soit pas plus raisonnable à ce sujet, mais quand il s'agit de Della, Sam n'est pas l'analyste réfléchi qu'il est quotidiennement à la banque. Quand il s'agit de Della, Sam joue à cent pour cent le grand frère protecteur.

Je fais passer ma pâtisserie avec mon café super-sucré et je finis par me sentir un peu mieux.

– Et la recherche d'emploi, qu'est-ce que ça donne ?

Je crois que je vais me faire faire un T-shirt avec la mention « Nan, toujours pas de petit ami, toujours pas de boulot ». Ce serait destiné à tous les autres, bien sûr. Hanna, elle, a le droit de poser la question.

– Rien. C'est triste, non, j'ai vingt-quatre ans et je ne sais toujours pas ce que je veux faire dans la vie.

– Tu peux travailler ici, si tu veux.

– Tu es un chou de me le proposer, mais je suis décidée à m'en sortir toute seule. Je suis une grande fille, maintenant.

– C'est nul que Della ait laissé vos différends personnels prendre le pas sur votre relation de boulot. Tu étais super avec les petits.

– J'aimerais bien voir les choses de façon aussi optimiste. J'étais nulle et je détestais ça.

Je me passe la main sur le visage. La sœur de Sam, Della, et moi avons toutes les deux un diplôme d'enseignement élémentaire, et l'année dernière, comme nous ne trouvions pas de boulot, nous avions décidé d'ouvrir une école maternelle. Tout allait pour le mieux jusqu'à ce qu'elle décrète que je n'étais qu'une pute qu'elle devait éjecter de sa vie.

Pour tout dire, Della me manque plus que l'école maternelle. Alors que j'avais toujours pensé vouloir travailler avec des enfants, je me suis aperçue que je passais mon temps à regarder la pendule en attendant le moment où je pourrais sortir de l'école, dire des blagues cochonnes et jurer comme un charretier – en d'autres termes, être moi-même.

– Tu vas trouver quelque chose, dit Hanna. J'en suis sûre.

– Tout est prêt pour ce week-end ?

Je préfère changer de sujet. Un large sourire éclaire son visage.

– Je pense. Je n'arrive pas à croire qu'on y est enfin.

– Bon, eh bien, n'hésite pas si tu as besoin de moi. J'ai beaucoup de temps libre.

Je lui pose un baiser sur une joue rose de bonheur et je retourne vers la sortie de la pâtisserie où je tombe sur monsieur Bradshaw, le père de Sam, debout au comptoir, une tasse de café à la main.

– Monsieur Bradshaw. Comment allez-vous ?

– Quelle journée magnifique ! Je pense qu'on peut sentir la première neige dans l'air. Je n'ai pas beaucoup vu ta mère du côté de mon QG de campagne, Elizabeth. Où se cache-t-elle ?

Il tend plusieurs billets à Krystal qui rougit sous son regard.

– Garde la monnaie.

– Elle est pas mal prise avec mes nièces. Entre les jumelles et la gestion de son affaire, Hanna a besoin de toute l'aide qu'elle peut trouver. Mais je sais que maman vous soutient et que vous pouvez compter sur son vote.

Il me sourit en plissant les yeux. Il me fait penser à Sam. Vieillira-t-il comme ça ? Avec la même distinction dans ces cheveux poivre et sel et cette voix grave qui devient plus rauque avec l'âge ? Soudain, je m'imagine m'éveillant aux côtés de Sam quand nous aurons la cinquantaine, et mon cœur se serre.

*Arrête d'en faire quelque chose qu'il n'est pas.* Je sais bien que je ne devrais pas, mais j'ai imaginé pas mal de choses de cet ordre récemment. Je me suis surprise à nous imaginer ensemble, ce qui est absurde puisqu'il me déteste. C'est juste que toute cette histoire avec River me fait penser que Sam pourrait…

Non. Je ne peux que me faire du mal en continuant comme ça.

– Della m'a dit que tu avais démissionné de ton poste au jardin d'enfants. J'espère que ce n'était pas à cause d'elle.

Je me tends un peu, mais j'espère qu'il ne s'en aperçoit pas.

– Oh, bien sûr que non. En fait, ce n'était pas du tout mon truc. J'aurais bien aimé, mais la vérité est que je ne sais toujours pas ce que je veux faire. Je n'ai pas encore trouvé ma voie, je suppose.

– Sam m'a dit que tu l'avais aidé à rédiger les demandes de subventions pour l'école maternelle et les équipements du nouveau terrain de jeux.

Sam lui a dit ça ?

– Oui, c'est vrai.

– Eh bien, je faisais partie de la commission qui a sélectionné les bénéficiaires, et ta demande était de loin la meilleure que nous ayons reçue.

Il me scrute un moment, puis change de position.

– Tu sais, au printemps, quand tu as fait du bénévolat au bureau, j'ai toujours admiré la perspective que tu apportais en faisant passer mon message au public. J'ai été désolé de ne plus te voir.

– Oh, je n'avais plus le temps.

Je me suis fait plus rare après le Super Fiasco de l'Été, mais puisque nous nous étions mis d'accord pour ne pas l'ébruiter, monsieur Bradshaw ne sait pas pourquoi j'ai arrêté mon bénévolat.

– Tu sais, on a besoin de tout un village pour mener une campagne de candidat au poste de gouverneur. J'ai une idée. Présente-toi au QG si cela t'intéresse. On te mettra au travail et on verra si tu conviens.

Cela m'étonne qu'il pense que je puisse apporter une contribution significative à sa campagne. Tout le monde me trouve écervelée, mais cet homme politique respecté pense que je suis assez bonne pour faire partie de son équipe.

– J'adorerais.

C'est dingue. En un clin d'œil, ma journée passe de *bof* à *incroyable*.

– Super, dit-il avec ce sourire charmeur des hommes politiques. Tu travailleras avec mon gendre. Tu connais Connor, je crois ?

# 4

# SAM

J'ai beau avoir vingt-sept ans, je suis toujours intimidé par mon vieux. En me retrouvant face à lui pour la première fois depuis qu'Asia a passé ma porte pour me menacer de détruire sa campagne, j'ai l'impression d'être toujours le petit garçon qui a envoyé son ballon dans les carreaux. Et même pire. Parce que je n'ai pas dix briques et que si je veux me débarrasser d'Asia, je vais devoir demander l'argent à mon père.

J'aimerais encore mieux faire la queue pour prendre une trempe que d'avoir à affronter cette conversation.

– Tu voulais me parler ? me demande mon père quand j'entre dans son bureau.

Je referme la porte derrière moi. Il nous sert à chacun deux doigts de cognac et me tend un verre avant de s'asseoir.

– Merci.

Il n'imagine pas à quel point j'en ai besoin. Je m'assieds en face de lui et j'avale la moitié de mon verre pendant qu'il tripote son téléphone.

– J'ai un problème.

Jusqu'ici il était distrait, mais là j'ai toute son attention. Mon père est comme ça. Il peut avoir une foule d'obligations à assurer tout le temps, si jamais un de ses enfants a un problème, il est immédiatement disponible. Normalement, je lui en suis reconnaissant, mais en ce moment précis, je préférerais être invisible pendant que je lui avoue ce que j'ai fait.

– Qu'est-ce qui se passe ?

Je roule les épaules en arrière, me préparant à la bataille. Autant y aller franco.

– Il y a environ deux ans, j'ai mis une fille enceinte.

Mon père s'immobilise et son visage devient grave.

– Est-ce que je ne t'ai pas dit et répété de toujours, *toujours* mettre une capote ?

– Si, père.

J'ai beau avoir plus envie de regarder mes pieds ou mon verre ou n'importe quoi plutôt que de voir la déception dans ses yeux, je soutiens son regard. Il m'a effectivement toujours inculqué l'importance de mettre un préservatif. Et il m'a appris à regarder un homme dans les yeux en lui parlant. Et c'est ce que je fais.

– J'avais trop bu et soit il a craqué soit j'ai oublié. Franchement, je n'en sais rien. Je… ne m'en souviens pas.

– Et maintenant, je suppose qu'elle est revenue te demander de l'argent pour l'enfant, c'est ça ? Bon sang. Pourquoi ne m'en as-tu pas parlé plus tôt ? Nous aurions pu faire le nécessaire.

Je ne sais pas ce qu'il entend par là – je ne suis pas sûr de *vouloir* le savoir.

– Il n'y a pas d'enfant. Elle s'est fait avorter.

Il ferme les yeux et pousse un soupir en marmonnant quelque chose qui ressemble à *Dieu merci*. Ce n'est pas exactement un truc que les électeurs potentiels apprécieraient. En même temps, je ne suis pas un électeur potentiel. Je suis son fils.

Je me force à respirer. J'inspire en serrant les poings, j'expire en les relâchant. C'est la seule chose qui m'empêche de bondir de ma chaise en hurlant, mais mon père n'est pas l'ennemi. Je sais qu'il pense d'abord à moi.

– Je ne voulais pas qu'elle avorte, dis-je quand je parviens finalement à contrôler ma colère. Je l'ai suppliée de le garder. Je lui ai dit que je m'occuperais d'elle. Et pendant un moment, j'ai cru qu'elle allait le faire. C'est ce qu'elle m'avait dit. Mais finalement, elle s'est fait avorter et maintenant elle menace d'aller raconter aux journaux que je l'ai obligée à le faire, que je l'ai menacée et brutalisée. Rien de tout cela n'est vrai, mais elle est au courant de ta campagne et elle veut de l'argent.

– Qui est cette femme ? Quelqu'un d'ici ?

À ce point, il devient plus difficile de ne pas baisser les yeux.

– Une strip-teaseuse de chez Indy.

Le visage de mon père se ferme et la déception se lit sur ses traits.

– Tu as baisé avec une strip-teaseuse et tu l'as mise enceinte ?

Ma gorge se serre. Rien n'est pire que de décevoir mon père.

– Combien veut-elle ?

– Dix mille dollars.

Il pose les coudes sur son bureau et pose sa tête dans ses mains. Je finis mon cognac et me lève pour aller me resservir. Je fais tourner le liquide ambré dans mon verre.

– Je suis désolé, Papa. Je n'ai jamais pensé que mon erreur pouvait se retourner contre toi de cette façon, mais j'aurais dû le savoir.

– On va s'en occuper. Je vais mettre mes gars sur le coup. D'abord, il faut qu'on rassemble les faits – était-elle réellement enceinte, un avortement a-t-il réellement été pratiqué ? Elle ne doit pas pouvoir prouver grand-chose, et avec ce genre de femme, il y a de fortes chances qu'il n'ait même pas été de toi, cet enfant, mais elle sait que cela ferait mauvaise impression, même si on ne peut rien prouver.

Je hoche la tête.

– Entre-temps, ne lui parle pas. Ne prends pas ses appels et arrange-toi pour ne pas te trouver seul avec elle. Donne ses coordonnées à Connor et nous tâcherons de border la situation du mieux possible.

Il avale le reste de son cognac et me regarde attentivement.

– Y a-t-il autre chose que je devrais savoir ? Un autre squelette dans tes placards que je devrais m'attendre à voir me tomber dessus ?

– Non, Père.

– On se voit à la maison ce soir. Ta mère veut que tous ses enfants soient là pour dîner.

J'acquiesce d'un signe de tête et je sors de son bureau, prêt à mettre cette journée de merde derrière moi.

***

# LIZ

– Les mariages, ça m'excite.

Ma sœur cadette, Maggie, s'étouffe avec sa bière et mon amie Cally glousse dans son martini. Un groupe de femmes d'âge mûr à la table derrière nous lancent des regards réprobateurs dans ma direction. Qu'elles aillent se faire voir ! Les mariages les excitent probablement elles aussi, mais après toutes ces années à porter des culottes de grand-mère et à prendre des laxatifs, elles n'osent pas l'admettre.

Nous sommes au Wire, où ma mère a proposé à tous les invités qui viennent de loin de venir boire un cocktail. Demain, nous allons tous nous rendre en cortège à Brown County pour le week-end du mariage.

Ce n'est pas seulement la perspective de l'échange des vœux de ma sœur qui me fait de l'effet. Cela pourrait être le cas – il y a quelque chose, dans l'idée d'un homme promettant l'amour éternel à une femme–, qui me donne des envies de moments sexy et intellos avec le premier mâle venu. Mais ce soir, la tendance générale de ma pulsion sexuelle est moins déterminée par des vœux de mariage que par les promesses qui m'ont été faites par un parfait inconnu. Ma conversation d'hier soir avec River a été interrompue trop tôt à mon goût, et m'a laissée tendue, remontée comme un ressort et en manque. À sa grande déception, mon corps a dû se contenter de ma main pour faire le travail alors que mon cerveau avait échafaudé toutes sortes de fantasmes lui promettant…

*Sam.*

– Quoi ?

Mes amies et mes sœurs continuent de me regarder avec des yeux ronds.

– Ça fait un bail. Et je m'estime heureuse de pouvoir encore être excitée. Si ça continue comme ça, mon minou est en passe de devenir tout sec.

Nix hausse un sourcil incrédule.

– Un bail ? Tu es sûre ? Combien de temps ?

Je me mords la lèvre et je l'observe. Elle ne me croit pas quand je dis que je traverse vraiment une période d'abstinence.

– Plusieurs mois.

Elle hausse un sourcil

– Tu as fait l'amour il a plusieurs mois et tu espères que je vais éprouver de la compassion pour toi ?

– Tu peux compter sur *ma* compassion, dit Maggie.

Cally intervient.

– Sur la mienne aussi.

Je fronce les sourcils. Je n'ai pas envie de parler de ça. Pas vraiment. Pas quand Cally, Maggie et ma propre sœur jumelle sont accrochées à leurs hommes comme des champions de rodéo à leurs taureaux.

– Huit mois.

C'est le temps qui s'est écoulé depuis mon Super Fiasco de l'Été.

– Si on parle de vrai sexe, avec *quéquette dans le minou*, alors, ça fait plus longtemps.

Nix tape du pied. Aucune compassion.

– Combien ?

– Quatorze mois, dis-je dans un souffle.

Maggie et Cally me regardent bouche bée.

– Lizzy ! crie Nix d'une voix suraiguë. Tu es en train de nous dire que tu n'as pas fait l'amour depuis ton plan cul avec Sam, au mariage de Will et Cally ?

– Baisse d'un ton, dis-je en grinçant des dents.

Mais le Club de la Réprobation à la table voisine me lance à nouveau des regards assassins.

– Tu es une vraie pro du calcul, dis donc.

– Purée ! Même moi, j'ai fait l'amour depuis moins longtemps que ça. Tu es sûre de ne rien avoir oublié ?

– Il y a si longtemps que je n'ai pas fait l'amour que je me demande si mon hymen ne s'est pas reformé, Nix. Tu peux me croire. Je m'en souviendrais, quand même.

Maggie pousse un grognement.

– Je pense d'ailleurs que cette abstinence lui monte à la tête, dit-elle à Nix. Hier, je l'ai vue regarder les saucisses dans mon frigo d'un air bizarre.

– Il y en avait une qui était particulièrement sympa, et en plus j'avais… faim. Ok, je ne trompe personne. Le sexe. Je suis en manque !

– Ce n'est pas le choix qui manque, dit Nix en désignant le nombre de mecs qui traînent autour du bar. Il y a là un paquet de célibataires tout à fait convenables qui adoreraient te raccompagner chez toi.

– Oui, j'en suis sûre.

Je parcours la sélection du regard. Mais je ne suis pas vraiment tentée. Je n'ai pas envie de faire l'amour avec n'importe qui. Je n'ai pas besoin d'être fiancée ou amoureuse ou quoi que ce soit, mais il faut que cela en vaille la peine. C'est comme manger une part de pizza épaisse. Je ne suis pas contre la nourriture hautes calories – faites passer le plat –, mais il n'y a rien de pire que de manger une part de pizza de mille calories qui vous laisse l'impression que vous auriez aussi bien pu prendre un jus de légumes. C'est pareil pour le sexe. Je ne veux pas juste la pénétration. Je veux du sexe qui secoue le lit, qui vous fait perdre la tête à tous les coups. Du sexe qui vous donne envie de remettre le couvert.

Non, je ne veux pas simplement du sexe. Je veux du sexe grandiose, du sexe qui réveille les voisins et fait hurler les chiens à la mort. Toute idée d'attendre de rencontrer le grand amour disparaît à ce point. Je veux vivre un truc dangereux, un truc ébouriffant.

Tombant à pic, mon téléphone se met à vibrer. Je le dissimule sous la table pour que les filles ne le voient pas avant de lire le message.

**Riverrat69 :** `Impossible d'arrêter de penser à toi, bon Dieu !`

– Tu es vraiment sexy, ce soir, dit Hanna.

Je souris. En partie à cause du message que je viens de recevoir et aussi parce qu'Hanna a raison. Ce soir, j'ai décidé de porter du rouge – la couleur qui met le plus en valeur ma peau claire et mes boucles blondes. J'ai relevé mes cheveux et mis mes talons les plus hauts. Ce qui n'est pas une surprise pour quiconque me connaît – je n'aime pas sortir avant d'être « prête pour la photo » comme dirait ma mère. Pour savoir ce qu'une femme a en tête, il suffit de regarder au-delà de ses vêtements pour voir ce qu'elle porte en dessous.

Et quiconque verrait ce que je porte sous cette robe – et à quel point c'est succinct – saurait que

Lizzy Thompson a un secret. *Et quel secret !* En réprimant mon sourire pour ne pas éveiller leurs soupçons, je ferme l'appli de discussion que l'objet de tous mes fantasmes utilise pour me parler.

– Regarde-toi, ricane Maggie. Je le vois dans tes yeux. Tu as déjà un truc en vue. Miss Abstinence ne va pas tenir encore longtemps.

– Ce serait trop beau, je réponds.

Mais je lui fais un clin d'œil en prenant une longue gorgée de mon verre pendant que je compose mentalement ma réponse au message.

– Et où en est ta recherche de l'homme parfait ? demande Cally.

– Je peux comprendre qu'on tente les rencontres en ligne, mais je n'arrive pas à croire que tu essaies ce nouveau site, dit Maggie. Qu'est-ce qui se passe si ça marche avec quelqu'un et qu'il n'y a aucune attraction physique entre vous quand vous vous rencontrez ? Cela ne risque pas d'être gênant ? « Désolée Georges, tu as une super-personnalité, et je pensais que tu me plaisais, mais j'aime les abdos façon tablettes de chocolat et les tiens ressemblent plus à un tonneau de bière. »

Je pousse un petit grognement en secouant la tête. Depuis le moment où je me suis inscrite sur Something Real, les filles se disent que je suis folle. Nix est la seule du groupe qui sait ce que c'est qu'être célibataire. Les autres planent tellement sur leur petit nuage de l'amour-toujours qu'elles ont oublié ce que signifiait se sentir seule.

– Je pense qu'on peut trouver l'amour n'importe où, dit Hanna. Alors, pourquoi pas sur Internet ?

– Je me suis dit que je ne risquais rien à essayer. Les moyens plus traditionnels ne marchaient pas pour moi.

Maggie se rembrunit.

– Sois prudente, quand même. C'est plein de tarés sur ces sites.

– C'est vrai, dit Cally. Ça ne me plaît pas, ce côté anonyme. T'imagines, tu découvres que tu communiques avec Kenny Rawlins ?

Elle frissonne.

– Il n'est pas marié ? demande Nix.

Maggy pousse un grognement.

– Cela ne l'a jamais empêché…

Elle s'interrompt quand Asher traverse le bar, les yeux rivés sur les siens. Son mari est super-classe ce soir avec son pantalon de costume noir et sa chemise boutonnée.

– On rentre ? demande-t-il en arrivant à notre table.

Il n'échappe à personne en voyant ses yeux que c'est juste une façon codée de dire « Si on allait baiser comme des bêtes ? ». En fait, il n'est même pas besoin de les regarder. Ces deux-là puent les phéromones à plein nez.

– Je pensais que tu ne me le demanderais jamais, ronronne-t-elle.

Elle abandonne sa bière et lui prend la main. Cally parcourt la pièce du regard à la recherche de son mari. William Bailey est de l'autre côté du bar, en grande conversation avec ma mère, qui ne s'est toujours pas remise du fait qu'il ait épousé Cally plutôt qu'une de ses filles.

– Je pense que je vais y aller aussi. C'est ma sœur qui garde le bébé et je ne veux pas la faire veiller trop tard, elle a cours demain.

– Pareil pour moi, dit Hanna en cherchant Nate des yeux. Je dois rentrer m'occuper de mes filles. Merci à vous d'être venues ce soir, Mesdames.

Tout le monde se dit bonsoir, et Nix et moi regardons les couples heureux prendre congé.

– Salopes, marmonne Nix quand nous nous retrouvons seules.

Je souris, parce que je sais qu'elle le dit avec affection.

– C'est vraiment injuste, non ?

– Est-ce que je peux te confier un secret ?

– Bien sûr.

Elle soupire et ses épaules s'affaissent.

– Avant de venir habiter ici et de vous rencontrer toutes, je pensais que je ne voulais pas me marier. Je veux dire, *jamais,* tu vois ? Selon mon expérience, les hommes ne sont bons qu'à une chose, et si on attend d'eux autre chose que du sexe, on est sûre d'être déçue.

J'essaie de ne pas avoir l'air choquée, mais c'est un jugement plutôt radical et c'est la première fois que je l'entends dire ça.

– Tous les mecs ne sont pas des salauds.

Elle hoche la tête.

– Ouais. Je le sais, maintenant. Il ne m'a pas fallu longtemps pour comprendre que j'avais tort depuis que je connais Asher et Will.

– Ce sont des types bien. Nate et Max aussi.

J'incline la tête.

– Hé, je devrais peut-être te brancher avec Max.

Elle lève les mains.

– Surtout pas. La dernière chose dont j'ai besoin, c'est de tomber amoureuse d'un gars qui en pince toujours pour Hanna.

– Ça se défend.

Elle a raison, mais cela me fait de la peine de voir que Max est seul. Si jamais j'avais eu des doutes quant à sa loyauté, l'année qui vient de s'écouler les a balayés. Il mérite de rencontrer quelqu'un de bien.

Nix attrape son sac à main.

– Je vais y aller, mais on se verra demain au mariage.

Je me lève et la serre dans mes bras avant qu'elle parte, puis je prends mon sac et j'ouvre l'appli de discussion pour écrire une réponse à mon inconnu préféré.

**Tink24 :** `Moi aussi, je pense à toi. Tu as vraiment le chic pour mettre des idées dans la tête des filles.`

C'est l'euphémisme du siècle, mais ça ira. Je glisse mon téléphone dans mon sac, je dis bonsoir et me dirige vers ma voiture. Au moment où j'ouvre la portière, mon téléphone se met à vibrer de nouveau.

**Riverrat69 :** `Est-ce que tu penserais que j'ai perdu l'esprit si je te disais que j'ai envie de te rencontrer ?`

# 5

# SAM

– Sam ! s'exclame mon père au moment où je passe la porte.

Il a son visage de mec en campagne. *Hé, regardez-moi ! J'ai des enfants et je suis très fier d'eux.* Soyons juste, mon père est fier de nous, même quand aucun électeur potentiel n'est en jeu, mais les effusions de fierté sont généralement réservées au grand public.

– Viens là, dit-il en me faisant entrer dans la salle de réunion. Je voudrais que tu voies la maquette que Connor a préparée pour la prochaine sélection d'images destinées aux réseaux sociaux.

Je fais un pas dans la pièce et je me fige sur place. Liz est installée devant un ordi posé sur la grande table ovale qui trône au centre de la salle. Liz, avec son doux sourire et ses grands yeux bleus. Liz, avec son corps de rêve et son rire communicatif. Et Connor est juste derrière elle, bien trop près d'elle, la bouche tout près de son oreille tandis qu'il lui montre quelque chose sur l'écran.

La jalousie se répand dans mes veines comme une traînée de poudre et je dois faire un effort pour respirer. Elle n'est pas à moi.

Mais, en tout cas, elle n'est pas à lui non plus, putain !

– Je n'ai pas besoin de te présenter la dernière arrivée dans l'équipe, dit mon père en montrant Liz de la main. Je vais tester les capacités rédactionnelles de Liz pendant quelque temps, pour voir si elle colle bien pour notre campagne.

Liz lève les yeux, le visage rayonnant de bonheur, puis elle me voit et elle marque un moment d'hésitation, quelque chose qui ressemble à du regret passe dans ses yeux. Regrette-t-elle cette fameuse nuit, ou est-ce seulement moi qui voudrais que ce soit le cas ? Si nous n'avions pas couché ensemble, ce moment serait beaucoup moins gênant. En même temps, je ne suis pas le seul mec ici avec qui elle a baisé.

– Je ne savais pas. Félicitations.

– Je ne l'ai su qu'hier. Merci. Je suis très enthousiaste à l'idée que ton père me donne une chance.

– Tu vas très bien t'en sortir.

Je ne dis pas ça pour la rassurer. Je le pense vraiment. Elle écrit bien. J'ai vu les demandes de subventions qu'elle a rédigées, et ses qualités seront un atout pour la campagne de mon père. Seulement, je ne sais pas très bien ce que cela me fait de la voir travailler au contact de ma famille. Avec Connor.

– C'est une bonne recrue, dit Connor.

– Salut, Connor.

Je hoche la tête et me force à sourire à l'intention de toutes les personnes présentes dans la pièce, mais nous faisons tous semblant, en fait. La seule personne pour laquelle cette situation n'est pas embarrassante, c'est mon père qui, évidemment, n'est au courant de rien.

– C'est gentil d'être passé nous voir pendant notre pause déjeuner, dit mon père. Connor, tu veux bien venir dans mon bureau avec Sam ?

Il nous accompagne et ferme la porte derrière nous avant d'aller s'asseoir à son bureau.

Connor prend place dans l'un des deux fauteuils en cuir en face de lui, puis me montre l'autre.

– Assieds-toi.

Mon estomac se serre. Je ne sais pas précisément pourquoi mon père m'a fait venir, mais j'en ai une petite idée. Cela ne me plaît pas que Connor prenne part à cette conversation. En affichant un sourire de circonstance, je m'assieds dans ce foutu fauteuil.

– Nous avons trouvé un arrangement avec Asia.

Connor parle avec circonspection en évitant mon regard. *Trouillard.*

– Nous pensons qu'elle ne sera plus un problème.

– Bon.

C'est tout ce que je parviens à sortir de ma gorge sèche. Connor est le mari de ma sœur. À une époque, c'était mon ami. Peu importe ce que je pense de lui et de ses choix lamentables, peu importe que je le considère comme indigne de ma sœur, ce n'est pas lui l'ennemi.

– Merci.

Mon père fait à Connor un signe de tête approbateur, et celui-ci s'éclaircit la voix avant de continuer.

– Si jamais elle décidait malgré tout de tenter une action, nous aimerions prendre certaines mesures préventives pour te protéger.

– Me *protéger* ? Je n'ai pas besoin qu'on me protège d'Asia. Elle ment, c'est une manipulatrice…

Mon père m'interrompt d'un geste de la main.

– Tout à fait. Et l'image que tu donnes ne fera que rendre ses mensonges encore plus faciles à gober pour le public.

– Quelle *image* est-ce que je donne ? Je ne suis pas un homme politique. Je n'ai pas d'image.

– Tout le monde a une image, dit Connor. La tienne, c'est celle du parfait play-boy.

*Et alors ? Font chier !*

– Ma vie amoureuse n'a rien à voir avec la campagne de mon père.

– Cela devrait être le cas, peut-être, dit Connor. Mais tu sais aussi bien que moi que la presse va scruter le moindre de tes mouvements et, avec les primaires qui arrivent en mai, nous ne pouvons pas nous permettre d'avoir un électron libre comme Asia, ou une autre avec qui tu aurais eu une histoire peu glorieuse. On ne peut pas lui laisser les coudées franches sans border le terrain un minimum.

Je m'accroche aux bras du fauteuil puisque je ne peux pas, décemment, étrangler le père de ma future nièce.

– Tu crois vraiment que j'ai toute une liste de strip-teaseuses qui se sont fait avorter de mes enfants, contre ma volonté ? C'est ça que tu insinues ?

Connor baisse les yeux sur ses notes et mon père soupire bruyamment.

– Arrête de jouer les victimes, Sam. On ne te demande pas de te marier ni rien d'aussi dramatique.

J'inspire lentement. J'expire. Je déteste ça, putain.

– Et qu'est-ce que vous suggérez, exactement ?

Je tourne les yeux vers mon beau-frère.

– Connor ?

Il n'évite pas mon regard, je dois lui accorder cela. Cet enfoiré continue à prétendre qu'il n'a rien à se reprocher.

– Une petite amie régulière. Trouve-toi une fille, drague-la, montre-toi charmant et, à part ça, garde ta queue dans ton pantalon jusqu'à ce que ton père décroche l'investiture en novembre prochain.

– La fille du gouverneur Guy est toujours célibataire, dit mon père.

Bien sûr. Depuis mon adolescence, mon père essaie de me brancher avec Sabrina Guy, et j'éprouve tellement peu d'intérêt pour cette petite chose douce et timide que j'ai envie de dormir rien qu'en pensant à elle. Sans parler de *l'autre* raison pour laquelle je ne pourrais jamais me résoudre à sortir avec elle, mais mon père n'est pas au courant et ce n'est pas moi qui vais lui en parler.

– Connor, dit mon père en arborant son sourire bien élevé, pourrais-tu me laisser seul avec mon fils, s'il te plaît ?

– Naturellement.

Connor ramasse ses affaires et se lève en me faisant un signe de tête avant de me laisser avec mon père.

– Je reconnais que je t'en demande beaucoup, dit-il quand nous sommes seuls. Mais tu dois comprendre que je n'essaie pas seulement de protéger ma campagne. J'essaie de te protéger, toi, et je suis désolé, mais c'est nécessaire.

Je prends une inspiration.

– Ce n'est pas un stratagème pour m'obliger à me fixer ?

Il me sourit tristement.

– Je ne peux pas dire que je serais contre. Tu es mon fils alors, bien sûr, j'aimerais te voir te fixer et trouver quelqu'un qui te rende aussi heureux que ta mère me rend heureux.

Il s'enfonce dans son fauteuil et croise les jambes.

– Je sais que c'est à toi de décider de ta vie.

– Tu veux simplement que je sorte avec quelqu'un. De façon régulière. Pas de séances photos ni de grandes manifestations pour faire les choux gras des médias ?

– Sauf si c'est toi qui veux le faire.

Putain. Je pense qu'il a raison. Franchement, il n'exige pas tant que ça de son fils aîné.

– Tu tiens vraiment à ce que ce soit Sabrina ?

Il incline la tête.

– Tu ne l'as jamais appréciée. Cela t'ennuierait de me dire pourquoi ?

*Putain oui, cela m'ennuierait beaucoup.*

– Qu'est-ce que ça peut faire ? Elle ne m'intéresse pas, c'est tout.

Mon père hoche la tête, cette réponse lui convient. Pour l'instant du moins.

– D'accord, donc ce n'est pas obligé que ce soit Sabrina. Mais pas de strip-teaseuse, compris ?

Je me lève. J'en ai plus que marre de cet entretien.

– Compris.

En marmonnant, je me dirige vers la porte.

Lizzy travaille sur son ordi dans la salle de réunion et, en la voyant, quelque chose se serre dans ma poitrine. Elle a relevé ses cheveux en un chignon informe sur le dessus de son crâne et elle mâchouille le bout de son stylo en réfléchissant.

– À demain ?

Elle fait un bond et me regarde, les yeux ronds.

– Quoi ?

– Au mariage d'Hanna et Nate ?

– Ah, oui, bien sûr. Ouais… ce sera sympa de… que tu viennes.

Son sourire est la chose la plus incroyable que j'ai vue de la journée et, immédiatement, j'ai des soupçons. Est-ce qu'elle cache quelque chose ? Me suis-je trompé en disant à Della qu'il n'y avait aucune raison de s'inquiéter ? Liz et Connor auraient-ils recommencé quelque chose depuis qu'elle travaille ici ? Ce n'est pas comme si Della était en état de subvenir *aux besoins* de Connor.

Putain. Mieux vaut ne pas m'engager sur cette voie. Je lui renvoie un sourire aussi faux que le sien.

Il est temps que je retourne à la banque où je peux noyer mes pensées jalouses dans les chiffres et les mémos jusqu'à en avoir la migraine, mais il semblerait que je n'arrive pas à détacher les yeux de Liz.

C'est une chose de vouloir protéger ma sœur des types dans le genre de Connor. C'en est une autre de me rendre malade de jalousie par rapport à Liz. Elle n'est pas à moi. Elle ne l'a jamais été et ne le sera jamais.

* * *

# SAM

## HUIT MOIS PLUS TÔT...

– Ta petite amie est là, j'annonce en frappant à la porte de l'appartement de Connor.

– Laisse-moi passer, dit ma sœur.

Elle me pousse et je recule en la regardant mettre la clé dans la serrure et pousser la porte. Nous restons tous les deux bouche bée en voyant ce qui se passe de l'autre côté.

– Quel enfoiré !

Connor dort sur le sol du salon, dans un enchevêtrement de draps et de couverture, une femme dans les bras.

– Espèce de salaud ! crie Della. Comment tu as pu me faire ça ?

Connor se lève d'un bond et farfouille à la recherche de son pantalon.

– Della, qu'est-ce que tu fais là ?

– J'étais venue voir *mon petit ami*.

À ce moment-là, la fille couchée avec lui se retourne et je vois avec qui Connor a passé la nuit. Elle remonte le drap sous ses bras et s'assied, hébétée et belle comme tout avec ces boucles blondes encadrant son visage encore chargé de sommeil.

– Bonjour, Liz.

À cause de ma sœur, je fais comme si ce je n'étais pas celui qui a été trahi. Je fais semblant de n'être pas celui qui meurt à l'intérieur en les voyant nus ensemble.

Liz bat des paupières en regardant Della.

– Della ? Mais qu'est-ce que tu fais là ?

Della se précipite sur elle, mais je la saisis par la taille pour l'arrêter.

– Espèce de salope ! Sale pute !

– Della, intervient Connor, je suis désolé, je pensais…

– Je suis *enceinte*, Connor. Je suis *enceinte*, et toi tu baises avec une autre fille.

Je détache les yeux de Liz – la voir comme ça me fait trop mal de toute façon – et je reporte ma colère sur Connor.

– Tu as mis ma sœur enceinte ?

Je laisse ma déception par rapport à Liz attiser mon instinct protecteur de frère.

– Tu n'es qu'une grosse merde.

– Tu es enceinte ?

Connor devient tout pâle et se plie en deux comme s'il venait de prendre un coup de poing dans l'estomac. J'aimerais bien lui faire ça moi aussi.

Liz se lève brusquement en essayant de ne pas lâcher le drap, mais il se coince sous le canapé en la laissant à moitié nue. Je détourne le regard. Ce n'est pas ainsi que j'avais imaginé la revoir nue. Tout droit sortie des bras de Connor. Avec ma sœur, le cœur brisé, qui l'insulte. Elle tire sur le drap en nous regardant à tour de rôle avec confusion.

– Connor, tu m'avais dit…

Le drap finit par céder et elle part en arrière.

– Comment peux-tu dormir la nuit, lui demande Della. Tu es vraiment si égoïste que tu ne te rends pas compte de ce que tu fais ?

– Liz, dit Connor, pourrais-tu t'en aller, s'il te plaît ? Nous discuterons plus tard.

Liz le regarde bouche ouverte, mais finalement elle s'enroule dans le drap et sort de la pièce sans ajouter un mot.

– Toi aussi, Sam, dit Connor avec un regard désolé. J'ai besoin d'être seul avec Della.

Della court vers lui et se jette dans ses bras en sanglotant, alors je sors de l'appartement pour aller vers ma voiture, étourdi et furieux contre le monde entier. Quelques minutes plus tard, Liz me rejoint dans le hall, toujours enveloppée dans son drap, avec ses vêtements sous le bras. Elle referme la porte et se laisse tomber sur le sol, recroquevillée comme si elle voulait disparaître. Elle respire par petites inspirations brèves et irrégulières et elle a l'air toute menue et vulnérable.

Je ne suis pas du tout d'humeur à la plaindre pour l'instant et, quand un élan de compassion me submerge malgré moi, je m'empresse de le réprimer.

– C'était quoi, ça ? dit-elle dans un murmure.

– Qu'est-ce que tu espérais ? Qu'il envoie promener sa petite amie et choisisse le plan cul ?

Immédiatement, la fragilité cède la place à la colère.

– Ne me mets pas ça sur le dos. Moi, je n'ai rien fait de mal.

– Ah bon ? Et comment tu appelles ça ?

– Ils avaient rompu. Il passait à autre chose.

– Ils avaient rompu ? Officiellement ? C'est lui qui t'a raconté ça ?

Le rouge lui monte aux joues quand la honte commence à prendre sa juste place dans la conversation.

– Je croyais… Il m'avait semblé que…

– Ce n'est pas digne de toi !

Sur ce, et parce que je ne peux plus supporter de la regarder, je m'en vais.

# 6

# LIZ

**Riverrat69 :** As-tu réfléchi à ma proposition ?

Quand je lis ces mots, mon cœur se met à battre la chamade. Hier soir, River m'a demandé de le rencontrer. Je dois bien avoir relu le message au moins quinze fois, espérant qu'il disait bien ce que je pensais et, en même temps, priant pour avoir mal lu.

D'un côté, après quatorze mois d'abstinence, je suis plus que prête à rencontrer mon ami anonyme, pour mettre en pratique toutes les choses coquines qu'il m'a décrites.

J'ai été bien sage – *si* sage, *si* patiente et *si* chaste pendant que je recherchais le véritable amour. Mais ce week-end, ma sœur jumelle se marie, et non seulement je suis toujours célibataire mais en plus je suis privée de sexe. En un mot, mon plan ne marche pas du tout.

Autoriser cet inconnu à mettre un terme à ma période d'abstinence semble être le meilleur moyen de supporter ma solitude. Seulement j'ai peur – à moins que je n'espère ? – qu'il ne me soit pas si inconnu que ça. Et je sais que je ne serais pas tentée le moins du monde si ce n'était pas la voix de Sam que j'entends quand je lis les mots de River.

D'un autre côté, si River est réellement Sam, je ne sais pas comment il va réagir quand il découvrira qu'il communique avec la seule femme au monde qu'il déteste.

Ai-je réfléchi à sa proposition de le rencontrer ?

**Tink24 :** `Je mentirais si je disais que non.`

Je n'ai pas arrêté. J'y ai pensé beaucoup plus que je ne veux bien l'admettre. Je ne suis pas stupide. Ma mère m'a appris à ne jamais accepter de bonbons de la part d'un inconnu, et ma grande sœur m'a appris à ne jamais accepter une boisson d'un homme dans un bar si elle n'est pas bouchée. Je me rends bien compte que donner rendez-vous à un inconnu pour un plan baise sexy et anonyme est tout aussi dangereux. J'ai envie de le rencontrer. J'ai envie de briser le secret. Mais je ne devrais pas.

**Riverrat69 :** `Je n'avais pas prévu que cela irait si loin. Tu mérites mieux que ce que j'ai à t'offrir. Mais si je laisse ça se terminer sans te rencontrer… sans te` toucher… bon Dieu, je ne sais pas si je pourrai me le pardonner.

Moi non plus, je n'avais jamais imaginé en arriver là. Les premiers temps, nous plaisantions au sujet du concept de Something Real, et je lui parlais des types que j'avais rencontrés grâce aux autres sites. River et moi parlions de tout et de rien. Ce n'était pas ça au début – les paroles érotiques, les photos contraires au règlement, le manque. C'est venu avec le temps. Je n'aurais jamais imaginé que nous envisagerions de nous rencontrer.

Mais je ne peux pas nier que j'en ai envie. Je ne peux pas nier qu'en y pensant, j'ai des pincements dans le ventre.

**Tink24 :** Et qu'est-ce que tu as à m'offrir exactement ?

**Riverrat69 :** Du plaisir. Un peu ou beaucoup, à ta convenance.

Je prends une profonde inspiration avant de rédiger la réponse suivante.

**Tink24 :** J'en ai envie, mais c'est un peu compliqué.

**Riverrat69 :** Il n'y a rien de compliqué dans ce que je veux te faire.

**Tink24 :** Et si je ne te plaisais pas ?

**Riverrat69 :** Je te jure que j'en ai assez vu pour savoir que ce ne sera pas un problème.

**Tink24 :** Cela demande réflexion. Est-ce qu'on peut en reparler demain ?

**Riverrat69 :** Bien entendu. Ne fais rien si tu n'es pas prête. Je ne veux pas te mettre la pression.

**Tink24 :** Bonne nuit, River.

**Riverrat69 :** Fais de beaux rêves.

***

## SAM

– C'est vrai ?

Mince. Della a l'air furax – du genre prête à couper les couilles de quelqu'un.

– Papa, est-ce que c'est vrai ?

Ryann lève les yeux au ciel.

– Fais gaffe, Papa. Elle a sorti la grosse artillerie et elle te donne du *Papa.*

Mon père s'essuie les coins de la bouche avec sa serviette.

– Quel est le problème, Della ?

– Est-ce que c'est vrai que Liz Thompson travaille pour toi ?

– Elle est à l'essai, oui.

Il fronce les sourcils.

– Pourquoi ? Cela te pose un problème ?

Elle me regarde, les yeux suppliants, puis murmure :

– Je ne l'aime pas, c'est tout.

Je me demande si elle mettrait ça sur le tapis si Connor était présent. Mais, ce soir, il est ailleurs, en train de s'occuper de la campagne de mon père.

– Della, ne sois pas ridicule, intervient ma mère. Liz et toi étiez les meilleures amies du monde dans le temps. Ce n'est pas parce que les choses n'ont pas marché comme vous le vouliez pour la garderie qu'elle ne peut pas travailler pour ton père.

Della ouvre de grands yeux, mais elle les baisse vers son assiette pour cacher ses larmes. Elle ne veut pas qu'ils sachent pourquoi elle déteste Liz à ce point. Si nos parents connaissaient la vérité, ils ne l'auraient jamais laissée épouser Connor.

– Je dois dire que cela m'a étonnée, dit maman. Liz ne me semble pas très sérieuse. Je la trouve un peu trop écervelée pour s'occuper de politique.

– Elle n'est pas écervelée.

J'ai parlé sans réfléchir, et Della me fusille du regard. Je hausse les épaules.

– Ce n'est pas parce qu'elle est blonde qu'elle n'a pas de cervelle.

– Il a raison, dit mon père.

Il se ressert de la salade.

– Je pense que les gens la sous-estiment. Elle a beaucoup à apprendre sur le fonctionnement d'une campagne, mais elle a aidé Connor à rédiger mon discours pour le gala. Je dois dire que jusqu'ici elle a fait preuve d'un vrai potentiel.

J'acquiesce, content que mon père lui donne une chance. Je ne devrais pas. Je ne devrais pas accepter qu'elle s'approche de ma famille après ce qui s'est passé entre elle et Connor, mais peut-être que ce qui s'est passé n'est pas aussi clair et net que ce que j'ai voulu croire à ce moment-là.

Maman me sourit.

– Est-ce que je perçois un intérêt *sentimental* pour cette petite Thompson ? Vous feriez un beau couple tous les deux.

– Si tu les avais vus danser ensemble au mariage de Cally et William l'an dernier, dit ma petite sœur Ryann. Je suis sûre qu'il aurait été plus facile de trouver du sens à la vie qu'un espace entre leurs corps.

Della se tourne vers moi et fronce les sourcils.

– C'est vrai, ça ? dit maman.

Le rouge me monte aux joues et je lance un regard d'avertissement à Ryann.

– On dansait, c'est tout.

Della me lance un nouveau regard assassin, pour faire bonne mesure.

– Je ne me sens pas très bien, Maman. Je vais aller m'allonger.

– Bien sûr, ma chérie.

Maman sourit à Della en la regardant se lever en soulevant son gros ventre et sortir de la pièce.

– Tu devrais peut-être emmener Liz au gala de collecte de fonds la semaine prochaine, me dit ma mère.

– Et pourquoi pas la fille du gouverneur Guy ? demande mon père. Je me disais que Sam pourrait l'emmener.

Je baisse la tête et je compte mentalement jusqu'à dix. Mon père se tourne vers moi.

– Je pense qu'elle t'aime bien, vraiment, et surtout, Guy t'aime bien.

De l'autre côté de la table, mon petit frère Ian sourit.

– Moi je veux bien y aller avec Sabrina, si Sam ne veut pas.

– Comme si elle allait vouloir de toi, dit Ryann.

Ian fait une grimace.

– Ah oui ? Et tu as un cavalier, toi, au moins ?

– Je ne veux pas de cavalier. Je suis une jeune femme indépendante.

– C'est ça, tu veux dire que tu es incapable de te trouver un cavalier, rétorque Ian.

Mon père se racle la gorge pour ne pas rire et maman secoue la tête.

– Ça suffit, tous les deux.

Elle se tourne vers moi.

– Sam, je pense que ce serait très bien si tu voulais emmener Sabrina. Tu sais ce que sa famille représente pour nous. Cela dit, si tu préfères venir avec Liz, je te soutiendrai aussi. Si elle travaille pour la campagne maintenant, ce serait probablement mieux qu'elle soit présente de toute façon.

– Je vous le dirai.

Je repousse ma chaise.

– Je vais voir comment va Della.

En quittant la salle à manger, j'entends ma mère dire :

– Je n'en reviens pas de l'intérêt qu'il porte à cette grossesse. Je pense qu'il est finalement prêt à se ranger.

En m'éloignant, j'entends mon père qui répond.

– C'est pour cela que j'aimerais qu'il donne une chance à Sabrina. Elle serait très bien pour lui, et cela unirait les familles Guy et Bradshaw de façon plus officielle.

Mon père m'adore. Il nous adore tous. Mais quand votre père est dans la politique, votre identité n'est jamais simplement celle d'un enfant chéri. Nous devenons des accessoires et des garanties – quelque chose que l'on met en évidence pour soigner son image et qu'on utilise pour accroître l'influence de la famille.

Lorsque j'ouvre la porte de la nurserie, Della est assise dans le rocking-chair dans un coin de la pièce, les joues couvertes de larmes, les mains sur son ventre.

– Del.

Elle me fait un petit sourire hésitant.

– Je n'ai pas envie de la détester, tu sais. Je sais bien que c'est moi que Connor a choisie, a épousée, mais je ne saurai jamais s'il l'aurait fait s'il n'y avait pas eu le bébé.

– Il t'aime.

Elle acquiesce.

– Je sais. Et je m'efforce d'oublier, mais ça me rend folle de savoir qu'ils vont travailler ensemble tous les jours.

*Pareil pour moi, sœurette.*

– Mais qu'est-ce que je peux y faire, hein ?

Je pousse un profond soupir, puis j'inspire l'odeur de propre de la nurserie. L'ingérence de nos parents nous a toujours tapé sur le système, mais il faut leur reconnaître ça, ils sont le genre de parents qui prennent la peine d'installer une nurserie dans leur maison pour leurs petits-enfants.

– Tu pourrais leur dire.

Quand Della m'a fait jurer de ne rien dire de ce qui s'était passé cette nuit-là, j'ai cru que je le faisais pour la protéger. Maintenant, je me rends compte que je me prêtais à cette dissimulation parce que, quelque part, je voulais protéger Liz des conséquences de ses mauvais choix. Si on m'avait dit il y a huit mois que mes décisions étaient motivées par le désir de protéger Liz, je me serais insurgé, mais c'est maintenant que je le vois.

– Tu pourrais dire la vérité à papa et maman au sujet des relations passées de Liz et Connor, et ils excluraient Liz de la campagne.

Elle ouvre de grands yeux terrifiés.

– Tu crois que je devrais le faire ?

– Non. Pas vraiment. Cela ferait de la peine à tout le monde, mais si tu ne peux pas supporter l'idée qu'elle travaille avec Connor, alors c'est une possibilité.

– Je peux le supporter.

Elle n'a pas l'air très sûre et j'ai surtout l'impression qu'elle essaie de s'en convaincre. Elle m'observe un moment.

– Tu vas vraiment l'inviter pour le gala ?

Je hausse les épaules en faisant comme si la seule mention de Liz ne me mettait pas dans tous mes états.

– Cela m'a traversé l'esprit.

– Fais-le, dit-elle à ma grande surprise.

– Sérieux ?

– Drague-la. Distrais-la. Tu peux même la baiser, je m'en fiche, mais tiens-la éloignée de Connor.

– Elle ne va pas fricoter avec Connor. Vous êtes *mariés*, maintenant. Ce n'est plus comme avant, quand vous vous étiez embrouillés tous les deux.

Elle croise le bras sur sa poitrine, la mâchoire serrée.

– Tu vas m'aider, oui ou non ?

Je soupire. Della a besoin d'être rassurée et moi, j'ai besoin d'une petite amie pour restaurer mon image. Peut-être que la solution est aussi simple que ça.

– Ouais, je vais t'aider.

# 7

# LIZ

Sam vient nous rendre visite au quartier général de la campagne une nouvelle fois vendredi matin et, de nouveau, il me lance ce regard – comme si je n'étais pas à ma place et qu'il préférerait vraiment que je ne sois pas là.

Je l'observe du coin de l'œil pendant qu'il bavarde avec son père devant un café, mais je m'efforce de ne pas les regarder. J'essaie de faire comme si nous n'avions pas eu une histoire, comme s'il ne me détestait pas et comme s'il était impossible que ce soit lui l'homme qui m'a dit des choses érotiques sur Internet, mais je ne suis pas une très bonne actrice, et quand il s'apprête à partir, je n'y tiens plus.

Je bondis de mon siège, l'attrape par le bras et je l'entraîne dans la réserve à fournitures. Mais, je me sens stupide parce qu'il fait sombre là-dedans et que je ne peux même pas voir son visage.

– Je veux vraiment garder ce boulot, je bégaie.

– Ok.

Non seulement il fait noir ici mais c'est plus petit que ce que je pensais et à chacune de mes inspirations, ma poitrine frotte contre son torse. Je sens l'odeur de son savon et de son after-shave. Je ferme les yeux et je m'accorde trois secondes pour profiter des effets que cette odeur produit sur mon intimité – des effets très, très agréables –, puis je fais de mon mieux pour plaider ma cause.

– Je suis désolée si cela te met mal à l'aise, ou si tu me détestes ou… je ne sais quoi. Mais c'est la première fois que j'ai un boulot qui me plaît autant. Je l'adore. Je t'en prie, ne gâche pas tout.

– Tu as peur que je raconte à mon père ce qui s'est passé entre Connor et toi ? Tu crois que je ferais ça à ma sœur ?

– Je n'ai jamais eu l'intention de lui faire de la peine. J'aime beaucoup Della, même si elle ne veut plus me parler, et tu sais que j'aime beaucoup Connor – pas de *cette* façon-là, mais c'est un ami et…

– Arrête ça, Liz.

Sa voix est grave, et le ton rauque sur lequel il me donne cet ordre me rappelle brusquement les nuits que nous avons passées ensemble, ses mains sur moi, les ordres qu'il me murmurait à l'oreille d'une voix rude.

J'obéis en me mordant les lèvres pour m'empêcher d'en dire plus. Il y a un temps pour présenter sa défense et un temps pour limiter les dégâts.

Sam pose les mains sur mes épaules et lentement, très lentement, il passe le bout de ses doigts le long de mes bras jusqu'à ma taille.

Je déglutis. Péniblement. Parce qu'à cet instant précis, une petite séance de flirt avec Sam – dans l'obscurité d'une réserve à fournitures ou ailleurs – semble une perspective très attirante. Mais ça ne serait pas une bonne idée. Déjà vu, déjà fait, le chagrin que cela m'a causé est là pour le prouver. Mais ça n'empêche que j'en ai envie, putain.

La dernière fois que j'ai fait l'amour ? Vraiment fait l'amour *jusqu'au bout*, pas cette pipe en ayant trop bu avec Connor l'été dernier ? Non, la dernière fois que j'ai fait l'amour vraiment, c'était bien. C'était super. Extraorgasmique (ce qui est comme extraordinaire, mais avec plus d'orgasmes). J'avais des bleus le lendemain – des suçons sur le côté de la poitrine et sur l'intérieur de la cuisse. Quel homme adulte qui se respecte laisse des suçons sur une femme ? Mais Sam n'est pas respectable. C'est juste Sam. Et il est vachement bon au lit et il le sait. On a couché ensemble pour la première fois il y a deux ans et puis on a remis ça au mariage de Cally en octobre dernier, même si je m'étais dit que ce n'était pas une bonne idée de coucher avec lui.

Peut-être que les bonnes idées sont un peu surfaites.

Il me touche à peine, seul le bout de ses doigts repose sur mes hanches, mais j'ai envie de me pencher vers lui. Purée, j'ai envie de me frotter contre lui comme un chat.

– Canaille ?

– Ouais ?

– Tu as un cavalier pour le mariage de ta sœur ?

– Non.

– Tu veux que je sois le tien ?

Je pousse un petit cri, un petit cri horriblement désespéré.

– Pour de vrai ?

– Pour de vrai.

– P… pourquoi ?

Il rigole doucement et je sens ses lèvres sur le pavillon de mon oreille.

– Peut-être que j'aime ce qui arrive quand on se trouve à un mariage, toi et moi. Tu veux être ma cavalière ?

– Oui, dis-je dans un souffle.

– Très bien. On se retrouve là-bas.

Soudain, j'entends un clic et je cligne des yeux quand la lumière inonde la réserve et que Sam se dirige vers la sortie.

– On se retrouve là-bas, je réponds.

Mais il a déjà disparu.

***

Une activité intense règne au quartier général aujourd'hui et j'ai été tellement occupée depuis le départ de Sam ce matin que j'ai à peine eu le temps de repenser à ce qui s'est passé dans la réserve de fournitures. Il y a un tas de nouveaux bénévoles qui doivent être formés et tout le monde est passé à la vitesse supérieure pour préparer le gala de collecte de fonds qui doit avoir lieu la semaine prochaine.

– Madame Patrinsky, nous apprécions vraiment votre proposition de chanter des chants de Noël pendant le dîner, mais Monsieur Bradshaw a déjà engagé un quatuor à cordes.

– Si la décision est déjà prise, ce n'est pas moi qui vais chercher à modifier vos plans fantaisistes. Mais on m'a dit une fois que j'avais une voix qui charmerait les anges.

– Qui réveillerait les morts plutôt, Connor me murmure à l'oreille une fois qu'elle est partie.

Je me retiens de rire.

– Elle ne peut pas être si mauvaise que ça.

– Les dames à Sainte Catherine ont lancé une pétition pour qu'elle arrête de chanter pendant la messe. C'est tout dire.

Il me fait un clin d'œil avant de retourner à la pile de trousses de formation pour les bénévoles que nous avons passé la matinée à préparer.

Mon cœur se serre.

Connor et moi étions de bons amis avant, mais nous avons déconné. Maintenant, nous ne discutons plus parce que cela ferait de la peine à Della, mais cela ne veut pas dire qu'il ne me manque pas.

– Qu'est-ce que Della pense du fait que je travaille, ici avec toi ?

Il s'immobilise, mais ne me regarde pas.

– Cela ne lui plaît pas.

Je suis sûre que cela ne surprendrait personne.

– Alors, pourquoi est-ce qu'on m'a gardée ?

Lentement, il se tourne vers moi mais non sans regarder par-dessus son épaule pour s'assurer que nous sommes seuls.

– Elle n'a jamais parlé à ses parents de ce qui s'est passé entre toi et moi.

Il prend une inspiration et fait une grimace qui exprime clairement qu'il regrette.

– Elle ne veut pas qu'ils le sachent.

– Je ne comprends pas. Tu n'as rien à te reprocher, Connor. Vous étiez séparés à ce moment-là. Elle s'apprêtait à quitter ton appartement.

– Della considère que je l'ai trahie.

Il hausse les épaules.

– Mais cela explique que tu sois toujours là. Elle ne veut pas que ses parents soient au courant. Et tant qu'ils ne le seront pas, nous vivrons mieux, tous les deux.

Je baisse la tête.

– J'ai l'impression d'être ton secret honteux et je déteste ça.

Il s'approche de moi.

– Liz…

Je lève les yeux en soupirant. Il est si grand et dégingandé et adorablement maladroit. Et je ne suis toujours pas convaincue que Della le mérite.

– Oui ?

Sa pomme d'Adam monte et descend quand il déglutit.

– Je voudrais juste que tu saches…

– Qu'est-ce que ça donne, les modifications dans mon discours ?

Connor et moi sursautons en entendant monsieur Bradshaw.

– Des modifications ?

Connor recule et enfonce les mains dans ses poches, l'air coupable. Il est comme ça. Il se sent toujours coupable et accepte les reproches, même quand il est innocent.

– Je t'ai envoyé un mail hier soir, me dit-il avant de se tourner vers monsieur Bradshaw.

– Nous avons été occupés toute la matinée avec les nouveaux bénévoles et je n'ai pas encore pu travailler dessus.

– Prévenez-moi quand vous aurez une nouvelle version, je serai dans mon bureau.

– Bien Monsieur, dis-je d'une voix aiguë. Tout à fait.

Connor se précipite immédiatement vers la table de conférence et allume son ordi.

– Qu'est-ce que tu disais ?

Je m'assieds de mon côté de la table et je sors mon ordi de sa housse.

– Avant que nous ne soyons interrompus ?

Connor soupire bruyamment en secouant la tête.

– Rien.

Je rallume mon ordi pour consulter mes mails et voir quels changements monsieur Bradshaw veut apporter à son discours. L'application de discussion Something Real se télécharge automatiquement, et un signal retentit quand je reçois une notification de River.

**Riverrat69 :** Dis-moi ce que tu portes aujourd'hui.

Merde. Je ne devrais pas regarder ça quand je suis au boulot. Je jette un coup d'œil à Connor, mais il a mis son casque et il est absorbé par ce qu'il fait. Une petite réponse rapide, ce n'est pas bien méchant.

**Tink24 :** Une robe noire, des chaussures à talons roses et un pull rose. Je suis absolument adorable.

**Riverrat69 :** Je n'en doute pas, mais ce qui m'intéresse, c'est ce que tu portes en dessous. Ou tu peux m'envoyer une nouvelle photo, si tu préfères.

Je me tortille et je vérifie que Connor est toujours absorbé par son travail. Puis je ferme les yeux et j'imagine Sam à son bureau à la banque, en train de taper ces mots. Cela suffit à envoyer une vague de chaleur dans tout mon corps.

**Tink24** : Pas de photo aujourd'hui, vilain garçon.

**Riverrat69 :** C'est aussi bien. Cela ne fera que renforcer mon désir de te voir en vrai.

**Tink24 :** J'ai rêvé de toi la nuit dernière.

**Riverrat69 :** Et c'était bien ?

**Tink24 :** Très bien. À part quand je me suis réveillée seule. Là, c'était nul.

**Riverrat69** : Tu ne te sentirais pas un peu frustrée, des fois ?

C'est le moins qu'on puisse dire. L'abstinence n'a rien arrangé. C'est peut-être que je me mets la pression tellement j'ai peur de me tromper, mais on dirait qu'à partir du moment où j'avais décidé que j'attendrais d'avoir trouvé *le bon,* tous les mecs avec qui je me suis connectée ont échoué dans la catégorie attirance physique.

**Tink24 :** Je suis en manque de sexe.

**Riverrat69 :** Tu ne me feras pas croire qu'avec tous ces rencards, tu n'as pas eu au moins quelques petites satisfactions.

**Tink24 :** Tu surestimes les mecs de cette ville. Le dernier que j'ai invité chez moi… il embrassait bien – habituellement c'est bon signe. Puis il m'a invitée à venir chez lui et il a mis la main dans ma culotte et on aurait vraiment dit qu'il se croyait en train de faire démarrer une tondeuse à la façon dont il appuyait sans arrêt sur mon clitoris. Tchack, tchack, tchack. Est-ce que c'était censé me faire de l'effet ?

Pour tout dire, ce n'était pas seulement son manque absolu de subtilité dans son approche de l'anatomie féminine qui me l'a fait rayer de ma liste. C'est surtout qu'en me trouvant à côté de lui, je ne ressentais absolument rien. Il était plutôt gentil, mais fade. Tous les hommes que je n'ai pas trouvés carrément repoussants m'ont semblé inconsistants. À deux exceptions près : Sam et Riverrat69. À moins qu'à eux deux, ils ne constituent qu'une seule et même exception.

**Riverrat69 :** Tu exagères. On parle de pelotage là, pas d'astrophysique. Ce n'est pas sorcier quand même.

Je réprime un rire et Connor lève les yeux de son ordi en inclinant la tête. Je m'éclaircis la voix.

– C'est juste ma sœur qui m'envoie un mail. Elle est trop marrante.

**Riverrat69 :** On devrait imposer aux gamins hétéros un cours sur la chatte. Je me souviens quand mon frère a atteint l'âge de la puberté, il me coinçait avec ses questions… Le pauvre, il essayait de comprendre, mais je n'ai pas dormi pendant des semaines en pensant à la pauvre fille à qui il a mis un doigt dans la chatte pour la première fois.

**Tink24 :** Et qu'est-ce qu'on enseignerait dans ton fameux cours sur la chatte ?

**Riverrat69 :** Pour commencer, à ne pas prendre un clitoris pour un démarreur. On n'est pas là pour chercher du pétrole, pour l'amour de Dieu. Chatte 101 se concentrerait sur les préliminaires, la technique, la patience et l'exécution.

**Tink24 :** Si tu mets ça sur Kickstarter[1], toutes les femmes vont se précipiter pour financer ton projet.

**Riverrat69 :** C'est un sujet qui me tient très à cœur, si je puis dire.

De nouveau, je jette un coup d'œil à Connor. Il m'observe, le front plissé. Je me dépêche de refermer l'appli et j'ouvre ma boîte mail. Bon sang, ça ne fait pas une semaine que je travaille ici et j'ai déjà des conversations osées pendant mes heures de boulot. D'accord, je ne suis pas payée à l'heure, et pas tellement payée en plus, mais quand même. Je tiens à garder ce job.

Le mail contenant les suggestions de changements du discours m'attend et je me mets au travail.

1. Site américain de financement participatif. (NdT, ainsi que pour toutes les notes suivantes)

# 8

# LIZ

– Oh mon Dieu, mon Dieu, mon Dieu !

Je tape sur mon écran comme une folle, comme s'il existait une combinaison magique qui puisse retenir le texto. Ou, plus exactement, *la photo.* Je suis prise de nausées en laissant tomber mon téléphone sur le comptoir et je presse mes mains sur mes joues brûlantes. Trop tard. C'est fait. La photo est partie.

– Liz ?

Je lève les yeux. Ma mère est debout dans la cuisine et me regarde, les sourcils froncés. Ses cheveux sont encore plus apprêtés que d'habitude et son regard encore plus accusateur. Ce qui, pour qui connaît ma mère, n'est pas peu dire. Si un fronçage de sourcils peut signifier « tu es responsable de tout ce qui ne va pas dans ta vie », c'est bien celui de ma mère. Elle ne fait pas exprès d'être une harpie qui critique tout quand il s'agit de ses filles, un peu comme les clowns ne font pas exprès d'être flippants. L'intention n'a rien à voir là-dedans.

Je laisse retomber mes mains.

– Salut, Maman.

– Qu'est-ce qui se passe ?

– Rien. C'est juste qu'il fait chaud ici. Je ne me sens pas très bien.

Je ne vais pas dire à ma mère que, sans le vouloir, je viens d'envoyer à Sam Bradshaw une photo de moi nue.

J'ai envie de rencontrer River en personne. Je n'ai pas réussi à penser à autre chose depuis qu'il a lancé l'idée. Mais étant donné mon histoire compliquée avec Sam, j'ai décidé que River – probablement alias Sam – devait savoir exactement qui il allait rencontrer. Quand j'ai envoyé la photo, j'étais si préoccupée par la façon dont Sam réagirait que c'est à lui que je l'ai envoyée par MMS et non à River par l'appli de discussion Something Real – une photo de moi vêtue exclusivement d'un string en dentelle violet, de chaussures à talons noires et d'un sourire.

*Putain de putain de putain de putain de merde.*

Cela ne devrait pas être grave, mais maintenant, la photo qui était destinée à River – probablement alias Sam – pour lui dire que je suis Tink24, a été envoyée de mon téléphone à celui de Sam. Même si, au fond, cela revient au même, ce n'est pas du tout la même chose.

– Tu ne vas pas y aller comme ça, si ? demande ma mère.

Elle regarde avec tant de réprobation mon pantalon de pyjama de flanelle imprimé de sucres d'orge et mon débardeur blanc que, l'espace d'un instant, je me pose la question. Justement parce que je sais que ça va lui hérisser le poil, j'ai envie d'aller à la répétition du mariage d'Hanna en pyjama. Hanna s'en ficherait. Elle manque tellement de sommeil depuis la naissance des jumelles alors que Nate est en tournée, qu'elle ne s'en apercevrait probablement pas.

– Je vais me changer, je marmonne en retournant dans ma chambre.

À la minute même où mes pieds nus foulent la moquette de ma chambre, mon téléphone se met à vibrer avec fracas sur le plan de travail dans la cuisine. Je me précipite et je tends la main pour le prendre juste quand ma mère s'en saisit.

– C'est bon, je l'ai.

Elle hausse un sourcil, mais ne lâche pas mon téléphone.

– Est-ce que tu me caches quelque chose ? Si tu fais quelque chose que ta mère ne doit pas savoir, tu ne devrais probablement pas le faire.

– Je ne suis plus une petite fille, Maman. Il y a plein de choses que je fais et que je ne veux pas que tu saches.

Je lui arrache le téléphone des mains et je le fourre dans ma poche. Si elle savait ce que je faisais juste avant qu'elle n'arrive, elle serait super-déçue. Bien sûr, je ne pense pas qu'elle serait moins déçue si j'avais envoyé la photo à l'inconnu à qui elle était destinée.

Je cours dans ma chambre, referme la porte derrière moi et je m'y appuie avant de sortir le téléphone de ma poche.

**Sam :** `Jolies chaussures.`

Cela me fait sourire. Bon sang. J'avais besoin de ça.

Je clique sur « répondre » et je fixe mon téléphone, mais je ne trouve pas de réponse.

Au lieu d'envoyer un texto à Sam, j'ouvre l'appli que j'utilise pour communiquer avec River. Cela m'a déjà demandé pas mal de courage d'envoyer cette photo une première fois, je ne vais pas recommencer.

**Tink24 :** Tu veux toujours me rencontrer ?

**Riverrat69 :** Plus que jamais.

**Tink24 :** Où ? Quand ?

**Riverrat69 :** Pourrais-tu être à Brown County demain soir ?

Je porte ma main à ma bouche. Je serai à Brown County demain après le mariage d'Hanna. Tout comme Sam.

C'est vraiment lui. C'est obligé.

**Tink24 :** Oui. Mais je n'y serai pas de bonne heure. J'ai une réception.

**Riverrat69 :** 5429 Water Pointe Boulevard. J'attendrai.

**Tink24 :** J'y serai.

**Riverrat69 :** Je n'ai jamais réellement arraché les vêtements d'une femme jusqu'ici, mais il n'est pas impossible que je le fasse avec toi. Je ne crois pas que je te laisserai le temps d'aller plus loin que l'entrée avant d'enfouir mon visage dans ta chatte.

L'excitation que ces mots fait courir dans tout mon corps vient se loger entre mes jambes et s'y installe avec force.

**Tink24 :** Tu dois me promettre de ne pas déchirer ma robe. Elle est trop jolie.

**Riverrat69 :** Alors, tu dois me promettre de l'enlever dès que tu passeras la porte.

– Elizabeth !

L'appel de ma mère me sort brusquement de ma stupeur et je jette mon téléphone sur le lit.

– Une minute !

Je dois trouver quelque chose de plus sexy à me mettre que mon pyjama de Noël. Je ne sais pas si Sam se rendra à toutes les festivités du mariage, ce soir ou demain, mais je veux être à mon avantage. Juste au cas où.

Je choisis une paire de bas noirs, une jupe noire outrageusement courte et un pull rouge qui me moule juste là où il faut. Parfait. Sexy, mais sans excès. En cinq minutes, je suis habillée, j'ai mis du gloss sur mes lèvres et du mascara sur mes cils, et je sors de la maison avec ma mère.

En principe, je ne voyage pas en voiture avec ma mère, mais elle n'est pas fichue de conduire en hiver, alors j'ai accepté de l'emmener. Hanna et Nate se marient dans ce superbe manoir de Brown Country. La demeure qu'ils ont louée et qui dispose de dix chambres, dix salles de bains et une cuisine gastronomique immense, est nichée dans les collines boisées de Brown County. Ils ont réservé la totalité de la maison, plus la moitié des chambres de l'auberge au bout de la rue, pour leurs invités. Avec la neige qui saupoudre les arbres, cela va être un mariage de Noël magnifique. Peut-être le plus beau jour de la vie de ma jumelle. Et, au train où vont les choses, il se pourrait bien que ce ne soit pas un si mauvais jour pour moi non plus.

Quelque part, la partie raisonnable de mon cerveau m'avertit. *C'est une grosse erreur.* Je me suis inscrite sur Something Real parce que je voulais une relation durable. Ce que Sam n'a jamais promis – ni sous son propre nom ni sous celui de River.

En fait, ma relation avec Sam peut se résumer à une série de moments cruciaux qui, si j'en dresse la liste, pourraient me faire passer pour Miss Saute-sur-tout-ce-qui-bouge elle-même.

1. Le soir où j'ai essayé de le séduire et où il m'a repoussée parce que je n'avais que dix-sept ans et que j'étais vierge.
2. Le soir où j'avais décidé de lui « remonter le moral » au mariage d'une amie commune et que j'ai fini par l'inviter chez moi.
3. Le soir du mariage de Cally où j'ai couché avec lui *encore une fois,* alors que je m'étais promis de ne pas le faire.
4. Ce matin, au début de l'été dernier, où lui et Della nous ont trouvés, Connor et moi, ensemble.

Je ne suis pas fière de cette petite liste. Elle ne me rassure pas sur les choix que j'ai faits. Et je ne peux pas m'empêcher de me demander si ce week-end va me laisser autre chose qu'une nouvelle ligne à cocher quand je penserai à Sam.

J'étais prête à refuser de rencontrer River. J'avais trop peur de le perdre une fois qu'il aurait découvert qui j'étais. C'est alors que Sam m'a demandé d'être sa cavalière au mariage et cela change la donne. S'il veut être mon cavalier, peut-être qu'il ne sera pas si déçu que ça en découvrant que je suis la femme avec qui il communique sur Internet.

Mon téléphone me signale la réception d'un SMS et je suis impatiente de savoir ce qu'il contient. Si j'étais seule, je m'arrêterais probablement pour le lire, mais comme ma mère est dans la voiture, j'attends que nous soyons arrivées au bungalow.

**Sam :** `Je présume que cette photo était mon cadeau de Noël. J'ai dû être particulièrement sage cette année.`

***

## SAM

**Liz :** `C'est horriblement gênant. Il était destiné à cet autre type qui se sert aussi de moi comme objet sexuel.`

Heureusement, j'étais seul quand cette photo est arrivée. Je suis dans mon bureau à la banque et je n'aurais pas été de très bonne compagnie depuis. C'est déjà assez dur de rester assis à mon bureau sans repenser à la fois où elle est venue ici il y a deux ans, nue sous sa jupe. Elle m'avait laissé écarter ses jambes et la caresser en lui murmurant des cochonneries à l'oreille. C'est un de mes souvenirs préférés, qui serait certainement encore mieux placé sur la liste si j'avais tout simplement débranché la caméra pour la baiser sur le bureau comme elle le voulait.

J'ai l'impression d'avoir une foule de regrets en ce qui concerne Liz. Je regarde la photo encore une fois et je me mords les doigts au sens propre. Bon sang, on y voit toutes les parties de son corps que je préfère – la tache en haut de sa jambe juste au-dessous de la courbe de son cul, son ventre plat, ses nichons dressés qui n'attendent que ma bouche. Putain ! Oui.

Ce serait une très mauvaise idée de coucher avec elle ce week-end, même si cela s'avère difficile puisque je serai son cavalier au mariage. Mais, premièrement, chaque fois que nous avons couché ensemble, après elle m'a évité pendant des mois. Or, si je dois sortir avec elle pour calmer les angoisses de Della tant que Liz travaillera avec Connor, je ne peux pas risquer qu'elle m'éjecte une fois de plus de sa vie. Et ensuite, ce serait une vraie connerie, si on songe qu'elle doit me servir d'alibi pour redorer ma réputation.

Je soupèse soigneusement ma réponse avant de l'envoyer.

**Sam :** `Dire que je me sers de toi pour le sexe implique que toi, tu ne m'utilises pas de cette façon.`

**Liz :** `Loin de moi l'idée d'impliquer une telle chose.`

**Sam :** `À demain, Canaille.`

**Liz :** `Il me tarde d'y être. J'ai l'impression que la soirée pourrait bien être… une révélation.`

Qu'est-ce que ça veut dire ?

– Salut, beau gosse.

Je lève les yeux en entendant le clic de la porte qui se referme et je vois Sabrina Guy appuyée contre elle.

– Sabrina.

*Et merde.*

– Que me vaut cet honneur ?

Elle fait une très jolie moue en avançant sa lèvre inférieure. C'est sidérant à quel point elle ressemble à sa mère. La même chevelure rousse rebelle, le même nez aristocratique, les mêmes courbes de rêve. On pourrait les prendre pour des sœurs.

– Ma mère veut que j'aille au dîner des donateurs pour ton père la semaine prochaine et je n'ai pas de cavalier. Accepterais-tu de passer cette soirée à mon bras ?

Je m'agite sur mon fauteuil, mal à l'aise mais content toutefois que mon bureau dissimule les effets de ma discussion avec Liz.

– Désolé de te décevoir, Sabrina, mais j'ai déjà une partenaire.

– Annule, dit-elle doucement.

Elle fronce le nez.

– Je rigole. Enfin, façon de parler.

– Qu'est-ce qui t'amène en ville ?

Je meurs d'envie de la virer de mon bureau, mais je sais que je suis censé être aimable avec la famille Guy, alors je vais me montrer poli puisqu'il le faut. Tant qu'on ne me demande pas de faire semblant d'éprouver pour Sabrina une attirance que je n'ai pas du tout.

Elle se laisse tomber dans le fauteuil de l'autre côté de mon bureau et croise ses longues jambes, révélant une large bande de peau entre le haut de ses bottes qui lui arrivent aux genoux et l'ourlet de sa jupe. Elle est belle. C'est indéniable. Mais pour des raisons que je ne peux pas donner à mon père, il y a des lignes impossibles à franchir. Sabrina est résolument de l'autre côté de la plupart d'entre elles.

– Je suis là pour la campagne.

Je m'enfonce dans mon fauteuil, me préparant à une longue discussion sur la politique et les commérages familiaux.

# 9

# LIZ

La cérémonie était parfaite et la réception se déroule comme dans un rêve. Des lampes blanches disséminées un peu partout et des rideaux de tulle blanc ajoutent une touche de magie à l'impression majestueuse qui règne dans une salle de bal magnifiée par les deux baies vitrées qui donnent sur les collines de Brown County. Des chandelles scintillent sur toutes les surfaces disponibles et des bouquets de roses rouges ornent toutes les tables.

Nate et Hanna évoluent sur la piste de danse. Nate ne la quitte pas des yeux comme si elle était la pierre précieuse qu'il pensait avoir perdue. Personne ne m'a jamais regardée de cette façon. Et personne ne le fera probablement jamais. Je n'inspire pas ce genre de tendresse.

Sam est absolument craquant dans son smoking qui met en valeur sa haute taille et ses larges épaules. Mais je sais que ce n'est rien comparé à ce qui se trouve en dessous. Il est encore plus sexy déshabillé. Et son paquet ? Seigneur. Ce n'est pas pour rien que je le surnomme *Le membre*. Je ne lui ai pratiquement pas parlé depuis que nous nous sommes retrouvés collés l'un contre l'autre dans la réserve hier. J'ai été trop accaparée par mes obligations de demoiselle d'honneur. Mais pour le reste de la soirée je suis la « cavalière » de Sam, quoi que cela implique, et plus tard… plus tard, je serai le rencard de River.

Le mélange de nervosité, d'espoir et d'impatience que je ressens à cette idée est si puissant que même le vin ne semble pas le dissiper.

De ma place à la table d'honneur, j'observe Sam. Il est assis deux tables plus loin, avec William et Max. William tient dans ses bras un bébé tout potelé, et Max installe sa fille dans les bras de Sam.

À mes côtés, Cally pousse un soupir.

– Y a-t-il quelque chose de plus attirant qu'un beau mec qui porte un bébé dans les bras ?

– Rien.

C'est trop facile d'imaginer Sam portant son propre enfant, totalement fasciné par les doigts minuscules et les petits cris. Même s'il prétend qu'il ne veut pas entendre parler de mariage ni d'enfants, je pense qu'il ferait un bon père. Il est issu d'une famille nombreuse et il est naturellement à l'aise avec les gamins.

*Arrête tout de suite*, me sermonne mon ego rationnel. Cela n'arrivera jamais et il vaut mieux éviter que ces idées n'aillent plus loin.

– Vas-y, me dit Cally en me donnant un coup de coude. Va danser avec lui.

Inutile de faire comme si je ne savais pas de qui elle parle alors que cela fait cinq minutes que je le dévore des yeux. Je rechausse mes hauts talons et je vais jusqu'à la table de Sam.

– On te demande, dit Max en reprenant sa fille des bras de Sam. Allez vous amuser tous les deux.

Il me fait un clin d'œil.

Le visage de Sam redevient sérieux et il me regarde de la tête aux pieds. Ses yeux glissent sur mon corps si lentement et de façon si délibérée que je sens le rouge me monter aux joues, à la fois gênée et excitée.

– C'est sympa de la part de Max d'être venu, je dis quand nous arrivons sur la piste de danse.

Je pose une main dans celle de Sam et l'autre sur son épaule, et nous dansons en ménageant le plus de distance possible entre nos corps.

– Entre nous, je pense que cela a été un véritable supplice pour lui de la voir épouser quelqu'un d'autre.

En regardant par-dessus son épaule en direction de la table, je vois Max rassembler ses affaires pour partir.

– Pourquoi est-il venu, alors ?

Le visage de Sam est grave, prudent.

– Max est comme ça, Canaille. Prêt à se sacrifier pour que la femme qu'il aime soit heureuse.

– Il l'aime toujours ?

– Il voudrait bien ne plus l'aimer, mais il n'y arrive pas. Bien sûr qu'il l'aime toujours.

Il m'attrape par les hanches et me tire contre lui en approchant sa bouche de mon oreille.

– Je n'ai pas vraiment envie de parler de Max et Hanna pour l'instant.

La chaleur de son souffle contre mon oreille – oh, bon sang, ça va être bon.

– De quoi veux-tu qu'on parle ?

– J'allais te faire une pendule au sujet de ce mec qui te tripotait à côté des toilettes l'autre soir, mais si tu avais été avec moi là-bas, habillée comme tu l'étais, j'aurais fait la même chose.

Mon estomac fait des bonds.

– Des mots, toujours des mots, Bradshaw.

Il sourit.

– Ce qui n'est pas ton cas, je suppose. Tu ne couches jamais le premier soir ?

– Jamais.

C'est un mensonge bien sûr.

– Alors, ce qui s'est passé le soir du mariage de Cally… ?

– On n'avait pas de rencard.

Ça, c'est vrai. Il hausse un sourcil.

– Jolie, la pirouette. C'est futé. Je dois dire que c'est dommage que nous ayons rencard ce soir, alors. Parce qu'il est sûr que j'ai apprécié ces rencontres impromptues.

– Moi aussi.

Je me mords la lèvre inférieure.

– Mais cela ne t'intéresse plus, hein, Canaille ? Il paraît que tu es un membre actif de Something Real.

– Qui t'a dit ça ?

– Cela fait les gros titres du New Hope Tattler.

Il sort son téléphone de sa poche et pianote sur son écran avant de me le montrer.

*Lizzy Thompson prête à tout pour trouver l'amour.*

Super ! Bravo l'anonymat !

– Putain !

– Tu me proposes tes services ? rigole Sam en reprenant son téléphone pour le remettre dans sa poche.

Sa voix est grave et cette ligne de basse séductrice me fait… vouloir des choses.

À l'intérieur de ma culotte de petite pute, mes parties intimes semblent hurler : *Oui, oui, vieux camarade ! Ça te dirait, une petite visite ?*

Comme s'il pouvait entendre ces cris désespérés de femelle en chaleur, Sam sourit et me caresse la joue du revers de la main.

Cherche-t-il une confirmation de mon activité sur Something Real, parce qu'il veut me taquiner au sujet de ce site ou parce qu'il me soupçonne d'être Tink24 ? J'aimerais tellement que ce soit cette dernière supposition. Je n'aime pas l'idée d'être avec Sam ici et maintenant alors que j'ai l'intention de retrouver un inconnu pour un plan baise anonyme dans à peine quelques heures. Je me sens presque jalouse. De moi-même. Ce qui est absurde.

– Pourquoi fais-tu cela ?

– Je fais quoi ?

Son regard se pose sur mes lèvres et je pourrais fondre instantanément dans ses bras si mon cerveau ne marchait pas à deux cents à l'heure pour essayer de résoudre cet imbroglio dans lequel je me suis fourrée moi-même.

– Pourquoi est-ce que je danse avec toi pendant un mariage ? C'est bien cela que nous faisons, non ? Certains de mes meilleurs souvenirs nous concernent, toi et moi, à des mariages.

– Après ce qui s'est passé l'été dernier… depuis Connor… tu me détestes.

Il m'observe en silence pendant une minute.

– J'ai détesté te voir dans ses bras. J'ai détesté l'imaginer en train de te caresser. Mais je ne pourrai jamais te détester.

C'est la première chose qu'il dit à propos de l'été dernier, la première fois qu'il reconnaît à voix haute que cela ne l'a pas affecté seulement à cause des sentiments bafoués de Della.

– C'était une connerie. Mais nous n'avons pas eu de relation sexuelle. Nous n'avons pas menti à ce sujet.

Connor et Della avaient rompu et il m'avait appelée. Il avait le cœur brisé. Il avait besoin du soutien d'une amie. Moi, je venais juste d'assister à la demande en mariage de Nate à ma sœur. Je me sentais seule et je me suis demandé pourquoi je n'avais jamais donné à Connor la chance qu'il méritait probablement. Ajoutez à cela la vodka et un peu de désespoir, et *voilà* – la genèse d'une erreur qui frôle le désastre.

Sam laisse glisser sa main de ma hanche sur mes fesses en grognant dans le creux de mon oreille.

– Peu importe que tu conçoives une « relation sexuelle » selon sa définition purement clinique ou selon une version plus clintonienne. Tu étais nue entre ses bras. J'ai eu envie de lui couper les couilles.

– Liz, tu peux venir m'aider ?

Hanna me sauve d'avoir à trouver une réponse appropriée.

– Le devoir de demoiselle d'honneur m'appelle.

Je m'extirpe de son étreinte et je croise son regard brûlant un instant pendant lequel mon cœur bat à se rompre. En montant l'escalier, je sens son regard sur moi à chaque pas. Je suis Hanna jusqu'à la suite nuptiale en haut de l'escalier où je l'aide à retirer sa robe.

– Tu es vraiment sûre que vous ne voulez pas faire une fugue à Hawaï ? Je garderai les petites.

– Pas le moins du monde, dit-elle en souriant. Le seul voyage de noces dont j'ai envie, c'est deux semaines à la maison avec Nate, Collin et les bébés. Il voyage tout le temps. Tout ce que je souhaitais vraiment, c'est un peu de temps à partager avec ma petite famille, tous ceux qui comptent pour moi réunis sous un même toit.

Mon cœur se serre. C'est exactement ce que je veux, moi aussi.

– Je t'ai vue danser avec Sam. Il y a anguille sous roche ?

– Probablement pas.

Aider Hanna à enlever sa robe de mariée me rappelle ce qui m'a poussée à m'inscrire sur Something Real. Ce truc qui dit que je veux que quelqu'un, un jour, me regarde de la façon dont Asher regarde Maggie, dont Willian regarde Cally, dont Nate regarde Hanna. Moi aussi je veux *l'amour-toujours* comme n'importe quelle autre fille.

Mais est-ce que ce serait vraiment grave de mettre l'éternité sur pause pour une nuit ?

– Will dit que Sam t'aime vraiment bien.

Je hoche la tête et je mets sa robe sur un cintre tandis qu'elle passe un jean et un sweat-shirt.

– Absolument. Il aime mes seins, mes fesses…

Hanna rigole.

– Un point pour toi.

Quand je me retourne, elle est habillée et éclatante de bonheur.

– Tu as encore besoin de moi ?

Elle secoue la tête et arrange sa robe sur le cintre.

– Je pense que nous allons nous éclipser par la porte de derrière. On n'a pas beaucoup dormi ces derniers temps et on est crevés tous les deux. Mais vous pouvez rester et faire la fête aussi longtemps que vous voudrez.

Qu'elle fasse semblant de se servir de ses bébés comme prétexte pour quitter sa propre réception aussi tôt, dans le but qu'elle et son mari puissent aller s'envoyer en l'air comme des bêtes ? C'est trop mignon.

– Fiche le camp d'ici. Envoie-moi un texto quand tu seras dans ta chambre, sinon je vais m'inquiéter.

– Pas de problème.

Elle me serre dans ses bras et descend à toute vitesse pour retrouver Nate.

Je me laisse tomber sur le lit en fermant les yeux. Sam ne me déteste pas, ce qui veut dire qu'il pourrait ne pas me haïr quand il saura que je suis Tink24. Ce qui veut dire qu'en acceptant de le retrouver ce soir, j'ai peut-être pris la meilleure décision depuis des mois.

Mon téléphone vibre. Un texto.

**Sam :** `Je dois me tirer d'ici. Merci pour le rencard.`

Mon estomac se serre et exulte à la fois. Il me laisse tomber. Pour aller retrouver Tink24 ? Oh, Seigneur. C'est vrai. Je suis réellement jalouse de moi-même.

***

Je n'y crois pas. J'ai fait des choses dingues dans ma vie, mais là, ça bat tous les records. Je relis le message et un frisson d'excitation court le long de ma colonne vertébrale, immédiatement suivi d'une montée d'angoisse lorsque je me demande dans quel merdier je suis en train de me fourrer. Un mélange équitable de nervosité et d'excitation fait frémir tout mon corps, mais je suis résolue à aller jusqu'au bout.

C'est l'adresse. C'est ce soir ou jamais.

Je ne sais pas si j'ai raison d'être là. N'y a-t-il pas des règles à suivre quand on rencontre quelqu'un pour la première fois ? Je n'ai dit à personne où j'allais. À vrai dire, j'étais bien trop gênée pour le faire.

« Hé, je vais retrouver un homme que j'ai rencontré sur Internet. Non, je ne sais pas son nom et je ne sais rien de lui. Non, je ne sais pas à quelle heure je vais rentrer, mais ce dont je suis pratiquement sûre, c'est qu'il a l'intention de m'attacher pour me baiser comme un malade. Bon plan, non ? »

Tout ceci est stupide. *Complètement stupide*. Même si je suis sûre à quatre-vingt-dix-huit pour cent que Sam et River ne font qu'un, entrer ici sans en avoir la confirmation est un risque qu'aucune personne de sexe féminin en pleine possession de ses moyens ne devrait prendre. Cela semblait raisonnable quand il l'a suggéré – j'ai déjà l'impression qu'il me connaît si intimement – et si c'est vraiment Sam, alors Dieu sait que moi aussi je le connais intimement. Mais, soudain, je vois mes décisions du point de vue de quelqu'un d'autre et je ne suis plus si sûre qu'elles soient bonnes.

Je saisis mon téléphone et je regarde fixement l'écran. C'est bien pour ça que Sam a quitté la réception, non ? Pour rencontrer Tink24 ?

Une partie de moi – la partie rationnelle, saine d'esprit, sensée – a besoin d'avoir l'assurance que je ne fais pas une connerie, là. J'ai besoin de savoir que je peux faire confiance à l'homme que je vais retrouver. Au lieu d'utiliser l'appli de discussion pour envoyer un message à Riverrat69, j'envoie un texto à Sam.

**Liz :** Dis-moi que c'est bien toi qui attends à l'intérieur de ce bungalow.

Je le regarde fixement un instant avant de l'envoyer, en me posant des questions. Je ne suis pas obligée de faire ça. Je pourrais rentrer dans ma chambre à l'auberge et dire à River que je n'ai pas réussi à le faire. Mais je n'en ai pas envie. J'ai envie d'entrer dans ce bungalow, de regarder Sam droit dans les yeux et de me défaire de tout l'anonymat de ces deux derniers mois. Il est temps.

*Tu me fais espérer qu'il pourrait y avoir autre chose. Tu me fais vouloir autre chose.*

Aurait-il dit cela s'il savait que c'était avec moi qu'il conversait.

J'attends, les yeux rivés sur mon téléphone, essayant d'influencer sa réponse. Rien.

Sur la pendule digitale de mon tableau de bord une minute passe avec un clic, puis deux. Mon estomac se noue. C'est alors que la porte d'entrée s'ouvre et qu'une silhouette sombre se dessine sous le porche. Quand la lampe du porche s'allume, je pousse un cri étouffé, stupéfaite de voir que ce que je me promettais se réalise.

C'est Sam.

# 10

# LIZ

Comme dans un rêve, je sors de la voiture et je me dirige vers le porche dont il descend les marches pour venir me rejoindre. C'est comme si nos corps étaient aimantés, attirés l'un vers l'autre par une force irrésistible, indépendante de notre volonté.

Nous nous rejoignons au bas des marches menant au porche qui fait tout le tour du bungalow. Il me regarde fixement, toujours sans me toucher. Je ne sais pas ce que je dois faire. Est-ce que je lui dis que j'espérais que ce serait lui ? Est-ce que je veux savoir s'il est surpris de me voir ici ? Et si jamais il regrettait que ce ne soit pas quelqu'un d'autre ? Je n'ai pas envie de courir le risque de savoir que c'est une déception pour lui. Je ne pense pas que je pourrais le supporter. Est-ce que nous passons la nuit à parler ou…

Sa bouche sur la mienne coupe court à mes interrogations. Le baiser est dur, lourd, passionné, et je n'ai plus du tout envie de parler.

Je lui rends son baiser, en prenant son visage entre mes mains, je glisse ma langue entre ses lèvres. Il a un goût d'homme. Je ne sais pas comment le dire autrement, mais il y a quelque chose de résolument masculin dans le goût de Sam. Un goût propre et frais, sans être doux. Terrien. Vrai.

Sa bouche descend le long de mon cou, ses doigts s'emmêlent dans mes cheveux. Il tire mon visage vers le haut, les yeux tournés vers les étoiles, pour avoir un meilleur accès à mon cou. Mon gémissement résonne dans les arbres et son attention se fait plus rude. Il ouvre la bouche et me mordille, aspire, goûte. J'aurai des marques demain, mais si le prix à payer pour cette douce torture est de porter des cols roulés pendant une ou deux semaines, je le ferai avec plaisir.

Il fait trop sombre pour que je voie l'expression de son regard, mais quand il s'écarte de moi, sa respiration est haletante – pas du tout celle d'un homme déçu en découvrant l'identité de son amante anonyme. Est-ce seulement du désir ou y a-t-il autre chose ?

*Arrête de penser.*

– Viens à l'intérieur.

Il me prend la main et m'entraîne dans le bungalow, où il m'examine dans la lumière tamisée de l'entrée. Il est toujours vêtu de son pantalon de smoking et de sa chemise, mais il a retiré sa veste et desserré sa cravate.

– Tu es superbe dans cette robe. Toute la soirée j'ai essayé de ne pas montrer que je ne pensais qu'à une seule chose : te l'enlever.

– Que ferais-tu de moi si tu avais cette chance ?

– Pour commencer, je te garderais toute la nuit.

Il glisse une main dans mes cheveux et passe son pouce le long de mon cou. Son grognement résonne en moi.

– Dis-moi ce que tu es venue faire ici.

*Je pensais que c'était assez clair.*

– J'ai mis des dessous extrêmement provocants. Alors, d'après toi ?

Ses narines s'écartent et sa respiration devient sifflante.

– Je pense que je vais devoir augmenter la mise, parce que maintenant j'ai envie de voir.

Je réprime un sourire.

– Très bien.

Mon cœur marque un arrêt, ce qui est probablement une façon de dire à la fois *je t'en prie* et *merci*.

– Alors, ces dessous, ils sont vraiment très provocants ?

Je me passe la langue sur les lèvres.

– Oh, limite racoleurs.

– Fais voir, Liz.

Je lève le menton en posant mes mains sur mes hanches.

– Sérieux ? C'est tout ce que tu trouves pour me séduire ? *Fais voir ?*

Il avance vers moi jusqu'à ce que je doive tendre le cou pour le regarder. Bon Dieu, ce qu'il sent bon !

– À quel jeu on joue là, Canaille ? Celui où on doit faire comme si on ne se désirait pas mutuellement et où on va se coucher chacun de son côté ?

Il effleure mon épaule du bout des doigts et je ferme les yeux.

– Ou bien celui où je te fais jouir si fort que tu cries mon nom et demain tu feras comme si tu ne voulais plus rien avoir à faire avec moi ?

– C'est la seule alternative ?

Je garde les yeux fermés, entièrement absorbée par le contact de ses doigts rugueux qui se baladent sur ma peau. Pour être honnête, je n'ai envie de jouer à aucun de ces jeux. J'en ai assez de jouer avec Sam. Assez de faire semblant de ne pas le désirer, assez de faire comme si je me contentais de notre plan cul d'un soir, une fois par an.

– Dis-moi que tu ne vas pas te sauver demain matin. Promets-moi de ne pas me rejeter une fois de plus.

Je ne sais pas ce qu'il veut dire et j'ai bien trop peur pour approfondir la question. J'ai toujours les yeux fermés quand il me prend le menton dans ses doigts pour relever mon visage vers le sien, quand il effleure mes lèvres des siennes et quand je m'ouvre à lui parce que je ne peux pas résister au baiser de cet homme.

– Promets-le moi.

– Je ne me sauverai pas.

Puis je descends la fermeture de ma robe et elle tombe à mes pieds en un petit tas. Mon audace est récompensée. Les lèvres de Sam s'écartent pour laisser échapper un souffle impatient.

Il recule d'un pas pour me regarder. Mon soutien-gorge de dentelle noire n'a pas de bretelles et les semi-bonnets soulèvent mes seins qui menacent de s'en libérer. Ma culotte – ou ce qui en tient lieu – est un string en dentelle noire assortie dont les ficelles remontent haut sur mes hanches en formant un V.

Une boucle de cheveux s'échappe de mon chignon et il la saisit et l'enroule autour de ses doigts. On devrait me donner une médaille pour ne pas littéralement fondre à ses pieds.

De l'index, il crochète le petit nœud noir niché entre les bonnets de mon soutien-gorge.

– C'est pour moi que tu as mis ça ?

Sa voix est un murmure rauque que je ne peux ignorer.

– Oui.

Du bout des doigts, il effleure mon ventre, passe sur ma hanche et suit la dentelle de mon string dans mon dos où les ficelles se rejoignent au creux de mes reins. Je retiens mon souffle quand il suit le chemin de dentelle par-dessus la courbe de mon coccyx et descend plus bas, excitant toutes mes terminaisons nerveuses au passage. Une brusque décharge de plaisir électrique secoue tout mon corps.

– Quatorze mois que je ne t'ai pas touchée. Quatorze mois que je n'ai pas entendu ton souffle quand tu es excitée, que je ne t'ai pas entendue crier quand je te fais jouir. Ose prétendre que tu n'y as pas pensé.

– Je mentirais.

– Ne mens pas, dit-il en posant sur moi un regard intense et passionné. Dis-moi simplement que tu as envie de moi.

– J'ai envie de toi.

Ses lèvres descendent le long de mon cou, lentement au début, puis sa bouche s'entrouvre, se fait plus empressée, exigeante à la jonction de mon cou et de mon épaule, et il s'empare de mes deux mains derrière mon dos, les enfermant dans une des siennes. Il avance, écarte mes cuisses de son genou et positionne une jambe entre elles.

Lorsqu'il pose sa bouche sur mon sein pour sucer mon téton à travers la dentelle de mon soutien-gorge, je me cambre pour me coller tout contre lui. Lorsque j'essaie de dégager mes mains, elles sont attachées derrière mon dos, et je pousse un petit cri étouffé.

Il relève la tête.

– C'est bien ça que tu voulais, non ? C'est bien pour ça que tu es venue ?

Ses yeux sont devenus plus sombres, mais ils attendent ma permission. Je pourrais dire non. Je pourrais lui demander de me détacher. Je n'ai pas envie que cela s'arrête. Je veux lui laisser tout le contrôle qu'il désire.

– Je…

*J'étouffe tellement j'ai envie de toi.* Tellement j'ai envie de ça. Lentement, je baisse les yeux le long de son torse jusqu'à sa ceinture.

– Comment je vais faire pour déboutonner ton pantalon ?

Il grogne, mais ne tient pas compte de ce que je viens de dire. Au lieu de cela, il prend mes seins dans ses mains et excite mes tétons qui se dressent, douloureux, sous son regard intense. C'est une vraie torture de ne pas pouvoir le toucher – j'ai envie de sentir les muscles fermes de son torse sous mes doigts, de descendre jusqu'à sa ceinture et de le prendre dans ma main à travers son pantalon de smoking.

Sa bouche s'entrouvre sur la courbe de mon épaule nue et il me mordille avant de poursuivre son chemin pour aller s'en prendre à la pointe dressée de mon sein. Je gémis de plaisir mêlé de douleur et je fais deux pas en arrière. Sa respiration est haletante. Ses poings sont serrés le long de son corps, comme s'il se retenait de me suivre.

– Je t'ai fait mal ?

Pour toute réponse, je me laisse tomber à genoux.

– J'ai envie de te prendre dans ma bouche, dis-je dans un murmure.

Il fixe sur moi un regard noir.

– J'attends.

***

## SAM

Liz Thompson à genoux devant moi, les mains attachées dans le dos, attendant de prendre ma queue dans sa bouche. Ça y est. Le fantasme. Le fait qu'il devienne réalité suffit à m'exciter, au point que je meurs d'impatience de me débarrasser de mon boxer et de sentir sa langue sur moi.

Elle est si belle, putain. Ses boucles blondes encadrent son visage, et avec les mains liées derrière le dos, ses seins pointent vers moi, dévoilant leurs tétons roses à travers la fine dentelle noire. Comment résister à la supplique que je lis dans ses yeux ?

Je m'avance vers elle et, lentement, je détache ma ceinture que je retire de ma taille. La boucle métallique résonne en tombant sur le sol, mais Liz ne bronche pas. Ses yeux expriment clairement sa confiance et son désir. Je fais un pas de plus, détache le bouton de mon pantalon et libère ma queue de mon boxer. Sa langue pointe entre ses lèvres en la voyant et je manque de flancher.

*Ne te dégonfle pas.*

Un dernier pas, et sa bouche est juste là, à un souffle de ma queue. Elle entrouvre les lèvres.

– Ouvre plus grand pour moi, Canaille.

Elle obéit et écarte ses lèvres roses et charnues pour moi. Mais plus que l'idée de ce qui va se passer, ce qui m'excite, c'est de voir le sang battre follement sur le côté de son cou pendant qu'elle m'attend. J'adore voir à quel point cela l'excite d'être attachée.

– S'il te plaît, supplie-t-elle.

Plus de sang afflue dans ma queue déjà terriblement gonflée. Je prends la base de mon pieu dans mon poing et le dirige vers ses lèvres.

Elle se penche en avant pour venir appuyer sa bouche ouverte contre ma hanche. Elle va d'une hanche à l'autre en me léchant, plongeant vers ma queue au milieu, mais remonte aussitôt.

– Tu as un corps tellement superbe, murmure-t-elle.

Je suis incapable de répondre, parce qu'elle m'a pris dans sa bouche et qu'elle caresse le dessous de ma bite avec sa langue. Je serre mon poing libre le long de mon corps, résolu à la laisser prendre son temps. Elle lèche mon gland, écrasant de sa langue la goutte qui perle sur la pointe. Son gémissement me fait frissonner de plaisir et lorsqu'elle ouvre encore plus la bouche pour me prendre plus profondément, je lâche ma queue et je plonge les mains dans ses cheveux. Elle gémit contre moi.

Cela l'excite de tailler une pipe – ou peut-être de *me* tailler une pipe. Je le vois au rouge de ses joues, je le sens à la façon dont elle ouvre la bouche pour me prendre plus profondément, à la façon dont son corps se balance vers le mien, pour être le plus près possible de moi. Elle est si près que je lui tire légèrement les cheveux pour la faire reculer.

– Tu n'es pas obligée d'aller si profond, Bébé.

Elle se met à me sucer en guise de réponse. Fort. Très fort, putain. Et au lieu de la repousser, je me cambre pour lui en donner plus. Je perds le contrôle et je me balance contre son visage. Je baise sa bouche. Elle gémit de contentement et suce encore plus fort, en me travaillant au corps avec ses lèvres et sa langue.

– Je vais jouir, Liz.

Elle n'entend pas mon avertissement, ou n'en tient pas compte, la vibration de son gémissement a raison de ma résistance et je jouis dans sa gorge tandis que mes mains se crispent dans ses cheveux.

Quand elle recule, finalement, ses lèvres sont toutes gonflées et ses joues toutes rouges. Ses cheveux en désordre tombent à moitié sur ses épaules. Je voudrais prendre une photo d'elle comme ça, excitée, les lèvres gonflées et le regard ardent.

Mais je n'en ai pas besoin. Je n'oublie jamais la moindre seconde de mes nuits avec Liz.

# 11

# LIZ

Il m'aide à me relever. Il m'explore du regard – mon visage, mes seins, mes hanches, le haut de mes cuisses. Ma peau s'embrase partout où ses yeux se posent, et j'attends que ses mains prennent le relais, en vain. Seule ma main dans la sienne peut sentir la chaleur de son toucher.

– Ça va ? demande-t-il.

Je hoche la tête. Je me sens incroyablement bien, comme si chaque cellule de mon corps avait été en état d'hibernation en attendant Sam. Et maintenant, je suis toute frémissante quand elles s'éveillent en s'étirant.

– Et toi ?

Un long grognement rauque remonte du fond de sa poitrine et il me prend dans ses bras.

– Cela fait des mois que je ne suis pas senti aussi bien.

Ma poitrine se serre, je ne dois pas oublier qu'il parle de sexe. Il ne parle pas de l'effet que cela lui fait de me tenir dans ses bras ou de me regarder dans les yeux ou simplement d'être avec moi. *Il ne s'agit que de sexe, Liz.*

Il tire sur le lien noué autour de mes poignets et mes bras retombent de chaque côté de mon corps. Prenant mes mains dans les siennes, il les porte à sa bouche et pose un baiser sur l'intérieur de chacun de mes poignets.

– Suis-moi.

Il m'entraîne vers l'arrière du bungalow. Nous traversons un salon au plafond voûté pour entrer dans une chambre aux dimensions impressionnantes, avec un lit à baldaquin, des murs en bois de cèdre et de larges fenêtres. Il n'y a rien à voir maintenant en raison de la nuit, mais je suis certaine que quand le soleil se lèvera, la vue sera à couper le souffle.

– Cet endroit est superbe.

– C'est dans la famille depuis soixante ans. C'est mon père qui a décidé de le rénover et d'ajouter le premier étage il y a quelques années, mais nous l'utilisons tous. Il m'arrive de venir et de passer tout un week-end dans le silence à contempler les collines. Connor vient souvent aussi – surtout quand Della fait la gueule.

Son sourire devient plus hésitant, comme s'il repensait à mon histoire avec Connor. J'ai l'impression qu'il va ajouter quelque chose, mais il se contente de secouer la tête.

– Attends ici une seconde.

– Ne sois pas long.

Une fois qu'il est parti, je grimpe dans le lit et je me glisse sous le duvet de plumes douillet.

Maintenant que ses mains ne sont plus sur moi, j'ai trop froid si légèrement vêtue.

Sam revient, tenant à la main une bouteille de vin rouge, un tire-bouchon et deux verres.

– Il n'y a rien à manger ici, mais la cave est toujours bien fournie en vin. Un petit cabernet, ça te va ?

– C'est parfait.

Il débouche la bouteille et remplit les deux verres avant de m'en tendre un.

– Tu as froid ?

– Ça va.

Mais mon tremblement me trahit.

– Je vais faire du feu.

En buvant mon vin à petites gorgées je l'observe s'affairer pour allumer un feu dans la cheminée de pierre en face du lit. Sous sa chemise, ses muscles se tendent quand il ajoute du bois.

L'air satisfait quand les premières flammes apparaissent, il revient vers le lit en souriant et lève son verre.

– Aux mariages.

Je pousse un petit rire en trinquant avec lui.

– Aux mariages.

Le vin est sec, mais velouté. Toute la tension qui pouvait subsister en moi disparaît sous l'effet de l'alcool qui diffuse sa chaleur dans ma poitrine et dans mes membres.

Je prends une nouvelle petite gorgée, puis je bois franchement pour noyer les démons qui me disent que tout s'arrêtera une fois la nuit passée. Cela s'arrête toujours après la baise. C'est obligé.

Je vide mon verre et je m'accroche à ce qu'il a dit dans son message.

*Tu me fais espérer qu'il pourrait y avoir autre chose. Tu me donnes envie d'aller plus loin.*

Maintenant qu'il sait que c'est moi, est-il toujours dans le même état d'esprit ? Et que veut-il dire par *autre chose, aller plus loin ?* Parle-t-il d'engagement ? De fonder une famille ? Ou bien tout simplement qu'il voudrait davantage qu'un plan baise aléatoire une fois par an ?

– Je suis content que tu sois venue ce soir, dit-il doucement.

J'ai tant de questions – par exemple qu'a-t-il pensé quand il s'est rendu compte que c'était moi pendant tout ce temps, ou le savait-il avant que je descende de voiture –, mais il rabat les couvertures.

– Si tu dois rester dans le lit avec moi, je veux pouvoir te voir.

– Est-ce que tu… voulais que ce soit moi ?

Je n'aurais pas dû poser cette question. Règle d'or : ne jamais poser une question dont on ne veut pas connaître la réponse.

– Quand je me suis arrêtée dans l'allée, est-ce qu'une partie de toi… Est-ce que tu pensais que c'était moi qui viendrais ici ce soir.

– J'ai été surpris, j'imagine. Pourquoi ?

Je secoue la tête, trop peu sûre de moi pour expliquer pourquoi je veux le savoir. En fait, je ne voulais pas que River soit Sam. Je voulais que Sam veuille que je sois Tink. Quand nous échangions des messages érotiques, parfois tout mon corps devenait froid. Il me semblait que quelque chose clochait. Mais l'idée que ça pouvait être Sam me poussait à recommencer et rendait les échanges sexy et pas mécaniques. Excitants et pas glauques. Mais si ce n'était pas le cas pour lui ? Si cela revenait au même pour lui de passer la nuit avec moi ou avec n'importe quelle autre femme ? Je ne suis pas sûre de vouloir le savoir.

– Laisse tomber.

Il m'observe, le front plissé mais avec un demi-sourire. Comme si j'étais une énigme qu'il essaie de résoudre.

– Ce soir, tu étais la seule personne avec qui je voulais être.

De son index, il trace une ligne le long de ma mâchoire et de mon cou, et un frisson parcourt mes bras qui se couvrent de chair de poule. Son regard plonge vers mes seins, vers leurs pointes dressées, mais il relève les yeux et me regarde en face.

– Je pense à toi. Souvent.

Je me mords les lèvres mais ne parviens pas à lui cacher mon sourire.

– Moi aussi, je pense souvent à toi.

– Tu as encore froid.

Je fais oui de la tête.

– Et si nous essayions le jacuzzi avant que le feu ne s'éteigne ?

– Le jacuzzi ?

Il sourit et fait un signe de la tête vers la porte-fenêtre.

– Juste là dehors.

Lentement, il m'enlève mon soutien-gorge et fait glisser ma culotte sur mes hanches. Puis il sort du lit et se déshabille sous mes yeux. L'eau me vient à la bouche en voyant tant de musculature ferme et de peau nue. J'ai envie de le caresser. De le goûter.

Il me tend la main.

– Tu viens ?

* * *

## SAM

Liz m'attend dans le jacuzzi pendant que je récupère nos verres de vin et quelques bougies pour les disposer sur le bord du spa qui se trouve sur la terrasse couverte. Il y a des lampes sur la terrasse, mais je ne veux pas les allumer pour préserver notre intimité. Ce soir, il n'y a que nous, Liz et moi, et le reste du monde disparaît dans l'obscurité silencieuse là-bas. Nous le retrouverons au matin, mais d'ici là nous pouvons l'oublier.

– C'est très romantique, s'écrie Liz quand je m'installe dans le spa bouillonnant.

La lueur des bougies danse sur ses traits et la vapeur qui monte du jacuzzi fait onduler les petites mèches qui entourent son visage. Elle est encore plus belle maintenant que tout à l'heure, pendant la cérémonie, si c'est possible.

Je lui tends un verre de vin et je l'observe pendant qu'elle boit une longue gorgée en poussant un soupir. Je m'assieds confortablement en face d'elle, mais je n'arrive pas à détacher mes yeux de ses joues empourprées par l'excitation, de ses seins qui montent et descendent juste au-dessus de l'eau. Je croyais que je n'aurais plus jamais la chance de passer une autre nuit avec Liz. Et pourtant, nous sommes là.

Elle pose son verre sur le bord et vient vers moi en nageant.

– Tu es trop loin.

– Ah oui ?

Elle monte sur mes genoux et me chevauche en croisant les jambes dans mon dos.

– Comme ça, c'est mieux.

Je pousse un grognement quand elle bouge ses hanches pour s'installer contre ma queue en érection.

– C'est mieux et pire à la fois.

Parce que j'en veux plus. Je pourrais la soulever par les hanches et la faire redescendre sur moi. La baiser ici tout de suite dans cette eau bouillonnante et sans barrière de protection entre moi et cette chair ferme et brûlante.

Je l'embrasse doucement, en mordillant ses lèvres et en passant les mains dans ses cheveux. Les dernières épingles qui les retenaient s'envolent et sa chevelure se répand dans mes mains. Une tendresse que je ne peux pas maîtriser gonfle ma poitrine et j'approfondis mon baiser en serrant ses cheveux que je tire jusqu'à ce qu'elle pousse un petit cri.

– Oui, s'il te plaît, murmure-elle quand je fonds sur son cou.

Cette tendresse en moi refuse de se dissiper. *Ne me laisse pas profiter de toi, Liz.* Mais en ce moment – dans la vapeur du spa, enveloppés dans l'obscurité de la nuit –, il n'est plus question de campagne ni de mon image dans la presse. Il n'y a plus que moi, et Liz. Seule compte cette indéniable alchimie qu'il y a toujours eu entre nous. Il n'est question que de plaisir, de désir et de rien d'autre.

Je prends ses seins dans le creux de mes mains et j'accorde toute mon attention à ses tétons. J'en lèche un, puis l'autre, avant de retourner au premier pour l'aspirer entre mes dents. Elle plonge les mains dans mes cheveux et appuie mon visage contre sa poitrine, me suppliant silencieusement de continuer.

Elle balance ses hanches sur moi et bien que ce soit une vraie torture, bien qu'elle me pousse à surfer sur la limite de mon self-control, je l'attire plus près. En la prenant par les hanches, je serre son cul entre mes mains sans arrêter de torturer le bout de ses seins – que je suce, que je lèche, que je mords.

Ses gémissements deviennent des cris désespérés, de plus en plus forts, et le balancement de ses hanches gagne en intensité et en vitesse à mesure qu'elle se rapproche de l'orgasme.

– Vas-y, Bébé. Je veux t'entendre jouir.

Ma voix est teintée de souffrance tellement je lutte pour résister au désir de la pénétrer.

J'attrape un téton entre mes doigts et je pince, elle se contracte, se cambrant vers ma caresse en même temps qu'elle la fuit. Elle craque, s'écroule entre mes mains, et l'écho de son cri résonne dans les arbres recouverts de neige.

Je pose un baiser sur son épaule, sur son cou, sur sa tempe. Elle retient son souffle contre mon torse et balance les hanches de temps en temps pour accompagner les dernières vagues de son orgasme qui reflue. Puis, avec ses pieds toujours croisés dans mon dos, je la prends dans mes bras, je la soulève hors de l'eau et je la porte à l'intérieur.

Je l'allonge devant le feu en regardant la lueur des flammes se refléter dans ses yeux et sur sa peau. Elle écarte les jambes en m'observant pendant que j'enfile un préservatif, puis tend les mains vers moi quand je me penche sur elle. Je passe ses mains au-dessus de sa tête et je les maintiens là tout en la pénétrant doucement.

Elle gémit et pousse un petit cri, mais quand j'essaie de me retirer, elle murmure.

– Reste, s'il te plaît.

Et je suis perdu.

# 12

# SAM

Elizabeth Thompson va me mener à ma perte. Elle est la tentation personnifiée. Impossible de lui résister.

Je pourrais la regarder pendant des heures et inscrire dans ma mémoire la forme de son visage, son ventre plat, les rondeurs de ses hanches. Je pourrais perdre toute notion du temps quand je respire son parfum. Elle est belle, et dans son sommeil, elle est d'une beauté sans affectation qui s'offre dans toute sa vulnérabilité.

La lumière du matin traverse en miroitant les arbres dénudés pour pénétrer dans la chambre. La chaudière se met en marche en bourdonnant. Je devrais me lever pour allumer un feu et rendre l'atmosphère plus confortable quand elle se réveillera, mais j'ai trop envie de rester près d'elle.

Il était une fois un type qui gardait son cœur sous clé dans une boîte. Une nuit, alors qu'il se trouvait dans l'endroit le plus sombre qu'il ait jamais connu, elle lui montra la lumière. Elle le fit rire. Elle l'émoustilla. Elle était si belle quand elle jouissait que le type avait du mal à imaginer que son cœur avait besoin d'être protégé, qu'il risquait de voler en éclats.

Cette première nuit avec Liz fut un déferlement de soleil au milieu d'une période sombre et affreuse. Elle changea quelque chose en moi, me fit voir sous un autre angle des choses que j'avais toujours considérées comme des contes pour enfants.

Je n'ai jamais été romantique. Cela ne signifie pas que je sois un parfait connard, mais je n'ai jamais été le genre de mec qui croit aux histoires d'amour qui durent toujours. Ça marche pour mes parents, mais à quel prix ? Et sont-ils vraiment heureux, ou bien le secret d'un mariage heureux n'est-il pas de se mentir quotidiennement en se disant qu'on n'a pas du tout envie d'être ailleurs ?

Apparemment, mon père aurait préféré être ailleurs. L'histoire avec Jacqueline n'aurait jamais eu lieu si ma mère lui avait suffi.

Quand je dis aux femmes que je suis le genre de mec qui ne veut pas d'attaches, je le pense vraiment, et je n'ai jamais été tenté par autre chose – sauf avec Liz.

Hier soir, je lui ai avoué que je pense souvent à elle, mais c'était une version édulcorée de la vérité. La vérité, c'est que Liz occupe bien plus que mes pensées, même plus que mes fantasmes. Je suis accro à Liz. Et c'est comme ça depuis qu'elle est venue chez moi à Notre Dame. Elle avait trop bu et elle est montée sur le bar dans le sous-sol, et tous les mecs dans la pièce étaient fascinés. J'avais envie de leur foutre sur la gueule, tous autant qu'ils étaient, elle n'avait que dix-sept ans. Et elle était *à moi.*

Cet instinct de possession, quand il s'agit d'elle, ne m'a plus jamais quitté, même si cela n'a aucun sens. Alors, si mon père insiste pour que je fréquente quelqu'un, pourquoi pas elle ? Pourquoi pas la femme qui occupe toutes mes pensées et qui est au cœur de tous mes fantasmes ? C'est la meilleure solution. Je contente mon père et je tranquillise Della par la même occasion. Et peut-être qu'une fois que l'élection sera sur ses rails, je serai enfin capable de la quitter.

En gémissant, elle s'éloigne de moi et s'assied lentement.

Sans me regarder, elle sort du lit, ramasse ses dessous sur le sol et va jusqu'à la porte sur la pointe des pieds. Je pourrais rester là et la laisser partir. Cela entretiendrait l'idée que c'était juste pour la baise et que je suis toujours le mec qui n'a rien de plus à offrir.

Et c'est précisément pour cela que je me lève, que j'enfile mon boxer et que je la suis dans le salon. Elle est là, debout, vêtue seulement de sa culotte, les bras dans le dos en train d'agrafer son soutien-gorge.

Je me dirige vers elle à pas de loup et je la prends dans mes bras en immobilisant ses mains le long de son corps.

Elle gémit quand je pose mes lèvres dans son cou.

– Il faut que je parte. Ma famille doit m'attendre pour prendre le petit déjeuner.

Je prends ses seins dans mes mains et caresse ses tétons à travers la dentelle de son soutien-gorge.

– Dis-leur que tu fais la grasse matinée.

Je murmure contre sa gorge et elle devient toute molle dans mes bras.

– Impossible, ma mère viendrait dans ma chambre.

Je glisse une main sur son ventre et frôle du bout des doigts la dentelle de sa culotte. Elle prend une longue inspiration pour essayer de se contrôler, mais j'ai bien l'intention de lui faire perdre cette bataille.

– Je n'en ai pas fini avec toi.

Mes doigts s'insinuent sous la dentelle. Elle soupire et recouvre ma main de la sienne pour la pousser plus bas.

Au lieu d'obéir à cette supplique muette, je la fais pivoter sur elle-même, je l'attrape par les hanches et la hisse sur le dossier du canapé. J'écarte ses jambes et je m'avance tout en la tirant vers moi.

Elle saisit mes cheveux à pleines mains et attire ma bouche vers la sienne. Je l'embrasse. Elle a le goût des pastilles de menthe et de la tentation.

Elle croise les chevilles dans mon dos et me serre entre ses cuisses. Je pose ma bouche sur son sein et je m'y accroche, j'aspire à travers la dentelle jusqu'à ce qu'elle pousse un petit cri.

Mes doigts succèdent à ma bouche et je joue avec son téton. Elle entrouvre les lèvres, et des vagues de désir déferlent sur son visage.

J'adore la façon dont Liz s'abandonne au plaisir. Elle ne se bat ni pour ni contre, contrairement à certaines femmes. Elle se laisse submerger, elle l'accepte comme le processus naturel qu'il est. Elle surfe sur la vague, culminant sur les crêtes et roulant dans les creux.

– Il faut que je te touche.

Je fais un petit pas en arrière pour glisser une main entre nos corps et prendre sa moiteur chaude dans ma paume. Je la sens brûlante et mouillée à travers sa culotte, mais cela ne me suffit pas. En tirant la dentelle sur le côté, je plonge deux doigts en elle. Elle est trempée, prête à me recevoir.

– Oui, s'il te plaît, gémit-elle.

Elle rejette la tête en arrière et plante ses ongles dans mes bras.

– J'adore la façon dont ta chatte serre mes doigts. Chaude et étroite et gourmande… Seigneur, Liz.

Je suis sûre qu'il suffirait qu'elle me frôle du bout des doigts pour que je décharge dans mon boxer. Elle est assez sexy pour ça.

Je tourne légèrement la main et je trouve son clitoris avec mon pouce, je le caresse légèrement tout en serrant les dents pour retenir mon propre désir. J'ai envie d'enlever mon boxer et de la faire glisser sur mon membre, de lui empoigner le cul en la prenant là contre le mur.

Soudain, elle se raidit dans mes bras et repousse brutalement mes mains.

– Désolée !

Le petit cri d'excuse provient de derrière moi.

– Oh, Seigneur ! Je suis désolée !

* * *

# LIZ

Je saute du canapé en m'éloignant vivement de Sam. J'ai l'impression d'être une ado surprise en train de se faire tripoter par son petit ami.

– Bon Dieu, Ryann, grogne Sam. On ne t'a jamais appris à frapper avant d'entrer ?

Il reste planté là, vêtu seulement de son boxer, avec une érection impossible à cacher.

Ryann, sa petite sœur, nous tourne le dos, maintenant.

– Je ne savais pas que tu avais de la compagnie. Crois-moi, je me serais bien passée de voir ça. Je vais devoir prendre une éponge à récurer pour effacer ces images de mon esprit.

J'ai les joues brûlantes de honte.

– Je vais aller m'habiller.

– Hum…

Ryann ramasse ma robe sur le sol de l'entrée et me la tend du bout des doigts sans se retourner pour me regarder.

– Merci, je marmonne en l'attrapant.

Juste au même moment, mon téléphone se met à vibrer dans mon sac que j'ai laissé à côté de la porte hier soir. Je fronce les sourcils. Cette tonalité est celle de l'appli de discussion et personne d'autre que River ne l'utilise pour me contacter. *Personne d'autre que Sam.* J'enfile ma robe précipitamment et je sors mon téléphone de mon sac pour ouvrir le message.

**Riverrat69 :** Je suis désolé de t'avoir posé un lapin hier soir. Une obligation familiale à laquelle je n'ai pas pu me soustraire. J'espère que tu ne m'en veux pas.

Je lis le message en clignant des yeux, puis je regarde Sam, m'attendant à le voir le téléphone à la main. Mais non, il est toujours debout dans le salon en caleçon, pas de téléphone en vue.

– Quoi ? demande-t-il. C'est qui ?

Mon téléphone m'alerte encore une fois.

**Riverrat69 :** `On peut se retrouver ce soir à la place ? Je n'arrête pas de t'imaginer attachée. Et moi suçant ton clitoris jusqu'à ce que tu jouisses.`

Je serre ma robe autour de moi et l'horreur retourne mon estomac. *Oh mon Dieu !*

Je me précipite dans la salle de bains, Sam sur mes talons.

– Qu'est-ce qui se passe ? On dirait que tu as vu un fantôme.

Hier encore, ce message m'aurait excitée et m'aurait inspiré une réponse tout aussi osée, mais Sam ne peut pas l'avoir tapé, et il me donne la nausée.

Oh mon Dieu. Qu'est-ce que j'ai fait ?

# 13

# SAM

– Elle est mignonne, me dit Ryann entre deux gorgées de café. Il y a quelque chose de sympa chez elle qui ne cadre pas du tout avec tes conquêtes habituelles. Je me demande ce qu'elle te trouve.

Liz est repartie. Elle s'est sauvée dans sa robe de demoiselle d'honneur juste après que Ryann m'a surpris en train de la peloter sur le canapé. Ce n'est pas que le fait que ma sœur nous soit tombée dessus comme ça ne m'ait pas horrifié moi aussi, mais j'ai été étonné par la réaction de Liz. Qu'elle s'enfuie si précipitamment. Précisément, ce qui me chiffonne, c'est de ne pas être étonné. Je savais que cela se passerait comme ça si nous couchions ensemble encore une fois. Elle s'enfuit toujours.

Je me verse une tasse de café.

– Qu'est-ce que tu es venue faire ?

– Della a accouché cette nuit. C'est une petite fille. Elle est très belle.

Je souris, content d'apprendre la nouvelle. Je commençais à craindre que Della ne fasse quelque chose d'irrémédiable si ce bébé tardait encore à arriver.

– Et c'est pour me dire ça que tu es venue ?

Elle secoue la tête.

– Non, pour ça, je t'ai envoyé un texto. En fait, je suis venue jeter un coup d'œil à la maison. Les voisins ont appelé maman pour lui dire qu'on avait livré des fleurs ici hier. Ils les ont ramassées sur le porche mais ils ont trouvé ça bizarre étant donné que la maison était vide. Apparemment, il ne leur est pas venu à l'esprit que tu montais le décor pour ton entreprise de séduction.

– Je n'ai jamais commandé de fleurs.

Ryann rigole.

– Tu parles. J'ai déjà plus ou moins été témoin de ce qui se passe entre vous deux. Ce n'est pas la peine de faire semblant.

– Ferme-la. Tu n'es qu'une gamine. Efface ce que tu as vu de ta mémoire.

– Ne t'inquiète pas, j'ai prévu de commander une pleine caisse de Scotch Brite dès que je serai rentrée à la maison. Mais *je ne suis pas* une gamine.

Elle plisse les yeux et croise les bras.

– Vraiment ? Ce n'est pas toi qui as commandé ces fleurs ?

– Je n'avais même pas prévu de passer la nuit ici. J'avais une chambre réservée à l'auberge.

Je me frotte la nuque en essayant de me remettre les idées en place.

Les choses ne devaient pas se passer comme ça hier soir. J'avais prévu qu'elle soit ma cavalière pour laisser fuiter quelques photos dans la presse me montrant avec Liz à mon bras. Si j'ai quitté le mariage, c'est parce que je savais que si nous continuions à danser, j'allais finir par rentrer avec elle. Et je savais que ce serait du *déjà-vu*[2] : nous allions nous caresser. Nous embrasser. Baiser. Et rien de ce que nous pourrions faire ne changerait ce qui s'est passé l'été dernier. Rien ne changerait non plus les raisons pour lesquelles je lui demandais d'être ma cavalière.

J'ai fui la tentation, et la tentation m'a poursuivi jusque devant ma porte. Je suis faible – du moins quand il s'agit de Liz.

– Je m'habille et nous irons ensemble à la maternité.

Une fois dans la chambre, je ferme la porte derrière moi et mes yeux tombent sur les draps emmêlés sur le lit et elle me manque déjà. *Bordel.*

Elle est partie trop vite. Une fois de plus.

J'attrape des vêtements dans mon sac et je vais dans la salle de bains pour prendre une douche rapide et m'habiller. Au moment où je me mets sous le jet chaud, je suis assailli par l'image de Liz sous sa douche la première fois que nous avons passé la nuit ensemble, les bras attachés à la pomme de douche au-dessus de sa tête, sa chatte sur mon visage. Je bande tellement que ma queue me fait mal, et je dois faire couler l'eau froide sur ma tête et m'obliger à penser à autre chose.

2. En français dans le texte.

* * *

## LIZ

– Liz ?

Hanna penche la tête et approche lentement, un peu comme quelqu'un qui s'approcherait d'un animal sauvage.

Peut-être parce qu'elle voit l'horreur et la culpabilité qui déforment mon visage. Ou alors c'est parce que je suis assise, toujours vêtue de ma robe de demoiselle d'honneur, dans un coin de sa pâtisserie avec un bol de sa célèbre pâte à cookie posé sur les genoux, et une spatule de vingt centimètres à la main.

Ma sœur jumelle est la reine de la pâtisserie. Donnez-lui de la farine, du sucre et un four, et elle concoctera quelque chose qui vous fera oublier qu'il y a d'autres plaisirs que la nourriture.

Et c'est pour ça que je suis assise ici. Pour oublier.

– Qu'est-ce qui s'est passé, ma puce ?

Je lève les yeux en avalant une pleine bouchée de pâte fourrée de morceaux de peanut buttercups[3] faits maison, de caramels, de petits bouts de noix, arrosée d'une généreuse rasade de *c'est-très-surfait-d'être-mince*, et saupoudrée de *tant-pis-pour-l'infarctus*. J'ai tellement mangé que mon estomac me fait mal et, pourtant, cela n'a même pas *commencé* à me faire oublier l'horreur de la découverte de ce matin.

– Vous êtes censés faire des trucs de jeunes mariés, non ? Est-ce que Nate ne devrait pas t'apporter ton petit déjeuner au lit, ou un truc du genre ?

---

**3.** Chocolats fourrés au beurre de cacahuète.

Elle vient s'asseoir par terre à côté de moi et me confisque ma spatule.

– C'est fait.

– Alors, est-ce que vous n'êtes pas censés baiser comme des malades ?

– C'est fait.

– Vous faire des câlins ?

Elle passe son bras autour de mes épaules et appuie sa tête contre la mienne. C'est à ce moment-là que je me rends compte que je pleure.

– Je suis complètement en vrac.

– J'avais remarqué.

– Je ne crois pas que Sam veuille de moi.

Et je recommence à sangloter – des sanglots qui me secouent la poitrine, qui me font mal au cœur, des sanglots morveux. C'est comme si mon corps avait été empoisonné par un espoir que je savais voué à l'échec et qu'il fallait l'essorer pour l'éliminer.

Hanna ne me pose pas de questions et ne prend pas le téléphone pour reprocher à Sam de m'avoir fait du mal – et c'est tant mieux parce que Sam ne saurait pas du tout de quoi elle parle. Elle sait mieux que moi ce dont j'ai besoin, alors elle reste assise et me caresse les cheveux en me murmurant à l'oreille jusqu'à ce que j'aie réussi à extirper toute la laideur et la haine de moi-même.

Quand ma respiration se calme et que mes larmes sont taries, elle me prend le bol de pâte à cookies des mains.

– Commence par le commencement.

Je hoche la tête, je respire à fond et je me lance. Je lui raconte ma rencontre avec Riverrat69 sur Something Real.

Je lui dis que j'ai cru que c'était Sam et comment les choses se sont intensifiées jusqu'à hier soir où nous étions censés nous rencontrer en chair et en os. Quand je lui dis que j'ai accepté d'aller au bungalow, Hanna m'interrompt.

– Attends une minute !

– Je sais.

Je serre les paupières, trop honteuse pour la regarder dans les yeux.

– Liz ! Et si ça avait été un dingue ? Si ça avait été le genre de types qui attirent des femmes à la campagne pour les couper en morceaux ?

Je secoue la tête.

– Je sais, ok ? C'est pour ça que j'ai envoyé un texto à Sam en arrivant là-bas. Je ne crois pas que j'aurais accepté de le rejoindre si je n'avais pas été persuadée que c'était lui. Je ne suis pas *complètement* stupide. Juste *presque* complètement stupide.

– Et donc, c'était bien Sam ?

Elle s'y perd.

– Au lieu d'envoyer un message à River, j'ai envoyé un texto à Sam pour voir si c'était bien lui qui était à l'intérieur du bungalow et à ce moment-là il est sorti. J'ai voulu m'assurer que c'était lui avant de sortir de ma voiture.

Hanna pose une main sur sa poitrine et pousse un soupir.

– Alors, que s'est-il passé après ?

Je renifle en haussant un sourcil.

– D'accord, je crois que je peux deviner ce qui s'est passé *ensuite*. Mais après le sexe cochon ?

Je pensais avoir épuisé toutes mes larmes, mais mes yeux se remplissent de nouveau.

– Ce matin, j'ai reçu un message de River s'excusant de n'avoir pas pu venir hier soir.

Hanna plisse le front.

– C'est n'importe quoi. Pourquoi Sam essaierait-il de t'embrouiller la tête comme ça ?

– Ce n'était pas Sam. Il était juste à côté de moi quand le message est arrivé. Sam n'est pas River… C'est juste… c'est juste moi qui voulais que ce soit lui.

Elle se masse les tempes.

– Attends. Tu es en train de me dire que cet inconnu anonyme t'a invitée à le rencontrer, que l'endroit où il t'a invitée se trouve être le bungalow de Sam et que Sam y était, justement ? Ça ne tient pas debout. Qu'a dit River ?

– Je n'ai pas répondu à son message, ce matin. J'ai paniqué et j'ai effacé l'appli de messagerie que nous utilisions. Je flippe complètement, là.

– Tu m'étonnes. Putain, quel merdier ! Tu es certaine d'être allée au bon endroit ? Tu as peut-être mélangé les chiffres dans ta tête et tu t'es retrouvée au bungalow des Bradshaw alors que tu aurais dû être ailleurs ?

– J'ai revérifié l'adresse en sortant de la maison. Ce n'est pas une coïncidence, Hanna. River, ou qui que ce soit, m'a invitée au bungalow des Bradshaw.

– C'est peut-être un ami de la famille, ou alors il voulait te retrouver là pour ensuite t'emmener dans son bungalow à lui, un peu plus loin.

J'acquiesce d'un signe de tête. Tout cela est possible, mais cela ne change rien à ce qui me fait le plus mal.

– Je voulais vraiment que ce soit lui.

– Pourtant, je croyais que tu ne voulais *surtout* pas sortir avec Sam.

Elle me regarde, les sourcils froncés, et je sais qu'elle est vexée que je n'aie pas été totalement franche avec elle.

– Je ne veux pas *avoir envie* de sortir avec lui.

Comme si cela expliquait tout.

– Il me plaît. J'ai envie de lui, mais si je pouvais contrôler mes sentiments, il ne me plairait pas et je n'aurais pas envie de lui.

– D'accord. Ce n'est pas la même chose.

Elle hoche la tête comme si ce que je disais n'était pas irrationnel, elle est sympa.

Je soupire en haussant les épaules.

– On n'est pas du genre « amour éternel », lui et moi. Mais il m'a toujours plu. Beaucoup. Tu te souviens quand j'ai passé la nuit avec lui le soir du mariage de Will et Cally ? Je t'ai dit que ce n'était pas la première fois.

– Oui…

– C'était déjà arrivé l'année précédente. Il m'avait prévenue, c'était juste un coup d'une nuit et à l'époque je croyais que cela me convenait, mais alors je l'ai vu avec cette autre femme et…

– C'est le jour où tu as repeint ta chambre de cet horrible beige.

Je ne suis pas étonnée qu'Hanna ait compris cela. Personne ne me connaît mieux qu'elle.

Je prends une inspiration hésitante. Je sens mes larmes revenir.

– C'est tellement cliché que j'en suis gênée. Je voulais vraiment être celle qui le ferait changer. Comme dans les films où la fille a un minou si remarquable que le dragueur impénitent devient indifférent à tous les autres minous une fois qu'il a goûté au sien. Je voulais être la fille au minou magique.

Merde, je me suis remise à pleurer. Fort.

– Tu n'es pas un banal cliché. Nate non plus ne m'avait rien promis de plus que le sexe et je suis tombée amoureuse de lui. Tu n'es pas la première femme qui pense qu'elle maîtrise et qui finit pourtant par tomber amoureuse du mec.

– C'était de ma faute.

Je porte à mes lèvres une nouvelle bouchée de pâte à cookies, mais je laisse tomber quand mon estomac se soulève.

– La façon dont les choses ont tourné après cette première fois. J'ai été claire. Comme lui, je ne voulais rien de plus qu'une histoire de cul. Alors, c'est devenu une blague entre nous. Il me faisait marcher, il flirtait, pensant ainsi respecter les règles que j'avais posées, mais pendant tout ce temps, je mourais un peu à l'intérieur.

Hanna me caresse les cheveux.

– Tu aurais dû m'en parler, Liz. Est-ce qu'on ne se dit pas tout ?

– Lorsque j'ai commencé à communiquer avec River, c'était sans importance, mais tout à coup je me suis dit que cela pourrait être Sam et les choses ont pris une autre tournure. Maintenant, je me sens…

Je me mords les lèvres, mais je n'arrive pas à enrayer mes larmes.

– J'ai l'impression d'être une idiote qui voulait tellement une chose qu'elle s'acharnait à la voir là où elle n'était pas.

# 14

# SAM

Della est la plus jolie mère du monde. Je ne l'ai jamais vue aussi heureuse qu'avec son bébé dans les bras. Le petit paquet est enveloppé dans un lange à rayures bleues et roses et toutes les personnes présentes dans la chambre irradient de bonheur. Connor est debout à côté d'elle, souriant béatement à leur fille, et une impression inconnue me serre les tripes.

*L'envie.*

Bon Dieu. Je n'avais jamais pensé ressentir ça un jour, pas à propos d'enfants. Je ne suis pas censé connaître ce sentiment. Je n'ai jamais eu en tête de me marier ou de me fixer, et une chose est sûre, je ne suis pas prêt à avoir des enfants. Mais en voyant Della porter ce bébé, quelque chose de primitif réagit en moi.

– Salut.

Tout le monde est si fasciné par le bébé que je pourrais probablement rester planté là pendant des heures sans qu'ils s'en aperçoivent.

Connor lève la tête le premier.

– Oh Sam ! C'est gentil d'être passé.

Je traverse la chambre pour aller serrer la main de mon beau-frère.

– Félicitations. Elle est magnifique.

– On l'a appelée Avery, dit Della. Comme Grand-Mère.

Connor me tend le nourrisson et je la berce dans mes bras. Elle cligne des yeux et semble soudain fixer son regard sur le mien. Je ne sais pas si elle peut distinguer ou non mon visage, mais on dirait que si. Comme si elle me voyait et me reconnaissait.

– Tu es fait pour ça.

Je me retourne en secouant la tête vers ma mère qui est apparemment entrée dans la chambre pendant que j'étais sous le charme d'Avery.

– Je suis fait pour être *un oncle*. Avec moi, elle sera pourrie gâtée et ensuite je la renverrai chez elle.

Ma mère regarde Della.

– Quand va-t-il se décider à trouver une femme et me donner d'autres petits-enfants ?

– Hé, tu es insatiable ! Combien de petits-enfants te faut-il ?

– Je suis sûre que Liz Thompson serait d'accord pour te faire des petits-enfants avec lui, intervient Ryanna d'une voix chantante. Je les ai surpris dans une posture très compromettante ce matin.

Le visage de ma mère s'illumine d'un sourire.

– Lizzy Thompson ? Vraiment ?

En serrant les paupières, je sens le regard réprobateur de Della sur moi. Apparemment, elle a déjà oublié ce qu'elle m'a demandé pour recommencer à détester tout ce qui concerne Liz. À côté de moi, Connor s'agite, visiblement mal à l'aise.

– Lizzy Thompson ? Vraiment ? dit Della.

On croirait entendre ma mère, mais sans le ton réjoui.

– Quoi ?

On peut compter sur Ryann pour ne pas laisser passer le sous-entendu dans le ton de Della.

– Qu'est-ce que tu lui reproches ? Je pense qu'ils sont vachement mignons tous les deux.

Della ne répond pas. Elle ne risque pas. Elle m'a fait jurer le secret le jour où elle m'a dit qu'elle était enceinte et qu'elle allait épouser Connor malgré ce qui s'était passé entre lui et Liz. Della, Connor et moi sommes les seuls dans cette pièce à connaître la vérité. N'importe qui d'autre trouverait que Liz est parfaite pour moi.

– Aucune fille ne trouve grâce aux yeux de Della quand il s'agit de son grand frère, dit ma mère en me prenant Avery des bras, mais Lizzy est une gentille fille.

– C'est une pute, dit Della dans un souffle.

Son éclat de sérénité dû à la maternité a vite fait de disparaître.

– Méfie-toi. Ça ne te va pas de jouer les garces, sœurette.

Connor fait la grimace et me décoche un sourire penaud avant de se retourner vers sa femme.

– Del…

Il lui prend la main et la serre avant de se laisser tomber sur le siège à côté du lit pour lui murmurer quelque chose à l'oreille. Della se détend et se laisse aller contre ses oreillers, non sans me lancer un regard qui en dit long sur ce qu'elle pense de la femme avec qui j'ai passé la nuit.

– Elle a beaucoup de rencards, dit Ryann en me jetant un regard appuyé. D'après le *Tattler*, elle cherche un mari.

– Oui, c'est ce que j'ai vu, dit ma mère avec un large sourire.

Je lève les mains, stupéfait.

– Sérieux, Maman ? Tu lis le *New Hope Tattler*, maintenant ?

Sans se démonter, elle hausse les épaules d'un air innocent.

– Les gens le partagent sur Facebook tout le temps. Ce n'est pas de ma faute si les titres et des extraits d'articles arrivent sur ma page.

Ryann devient verte.

– Tu lis le *Tattler* ?

Il y a quelques semaines, le *Tattler* a donné les noms d'une bande de lycéennes qui avaient été vues à une fête à la fac. Ryann et sa meilleure amie, Drew Fischer, étaient sur la liste. J'ai déjà eu l'occasion de lui dire ce que j'en pensais. J'ai beau considérer le *Tattler* comme un torchon, le fait de savoir que notre mère risque d'être renseignée sur les faits et gestes de ma petite sœur et peut ainsi l'empêcher de faire des bêtises, pourrait me convertir en soutien inconditionnel de ce site de merde.

Maman jette un regard à Ryann.

– Je vois pas mal de choses.

– Eh bien, ce n'est qu'un tas de ragots dont la moitié ne sont que des mensonges, dit Ryann.

Maman sourit d'un air moqueur.

– Hum… hum.

Heureusement, on change de sujet pour parler de l'accouchement de Della tandis que le bébé passe de bras en bras, et avant que je ne m'en aperçoive, il est dix-sept heures et les infirmières nous mettent tous à la porte pour que la jeune maman et son bébé puissent se reposer.

Je salue tout le monde et Connor sort avec moi.

– Je peux te parler une minute ? me dit-il une fois que nous sommes seuls dans le couloir.

Je m'arrête et j'enfonce les mains dans mes poches. À une époque, Connor était l'un de mes meilleurs amis. Nous nous sommes connus à la fac et pendant quelques années nous avons été colocs, lui, William Bailey, moi et deux autres gars. Mon amitié avec Connor s'est modifiée quand il a commencé à sortir avec ma sœur. Elle s'est terminée quand il lui a brisé le cœur. Maintenant, nous ne sommes plus amis. C'est mon beau-frère et je n'ai rien à dire à ça – c'est la vie de Della, je respecte ses choix –, mais rien ne m'oblige à aimer ce type.

– D'accord.

– C'est vrai ce qu'a dit Ryann ? Tu as passé la nuit avec… Liz ?

Il n'a pas l'air en colère, mais à la façon dont il dit son nom, on dirait que cela lui fait un peu mal.

– Je ne vois pas en quoi ça te regarde, Connor.

– Bien sûr, mais…

Il pose les mains sur ses hanches et regarde le plafond.

– Je pense à ta sœur, dit-il finalement en soupirant. Tu sais que si je pouvais revenir en arrière et changer ce qui s'est passé, je le ferais. Mais je ne peux rien y faire et je n'aimerais pas que tu fasses quelque chose qui renverrait le passé dans la figure de ta sœur.

Tout mon corps se raidit.

– Comme quoi ?

– Je sais que Liz et toi vous… baisez parfois.

– Et… ?

– J'espère seulement que ce n'est pas avec elle que tu as décidé de sortir pendant la campagne. Je ne pense pas que ce serait un bon choix.

Peu importe que je sois arrivé à la même conclusion en venant ici. Mes pensées et mes sentiments sont trop embrouillés dès qu'il s'agit de Liz, et passer douze mois à la présenter comme ma petite amie ne va pas arranger les choses. Mais la colère monte en moi dès l'instant où l'idée même qui m'était venue sort de la bouche de Connor. Lentement, je compte jusqu'à cinq avant de parler.

– Je n'ai pas souvenir de t'avoir demandé la permission.

– Le gouverneur Guy sera en ville demain. Sabrina est déjà arrivée. *Elle*, ce serait un bon choix. Bon sang, pratiquement tout le monde, sauf Liz, serait un bon choix.

Tout mon corps se tend.

– Ma sœur vient juste de mettre ton enfant au monde, et tu vas vraiment rester planté là et me faire une scène de jalousie à cause de ma relation avec Liz ?

– Parle moins fort.

– Occupe-toi de tes affaires. Elle ne t'appartient pas, Connor, je sortirai avec elle si cela me chante.

– Tu vas la baiser et tu lui briseras le cœur.

Je m'approche de lui. Avec la plupart des mecs, je suis obligé de baisser la tête mais Connor est aussi grand que moi et nous nous regardons dans les yeux.

– Tu peux répéter ?

Il pousse un soupir.

– C'est juste que… peu importe. Mais ne la ramène pas à la maison. Ce ne serait pas sympa pour Della.

La colère me monte aux lèvres, mais je serre les dents pour la retenir. Je lui ai dit ce que je pensais de lui plus souvent qu'à son tour. Della a fait un choix. Il est temps de laisser tomber et de passer à autre chose. Le truc, c'est que quand il s'agit de Liz, j'ai toujours du mal à laisser tomber.

– C'est gentil de penser à ma sœur. Mais le fait d'avoir baisé une fille une fois ne te donne pas le droit de décider si je peux ou non l'amener à la maison.

***

## LIZ

Une fois chez moi, je regarde mon ordi fermé comme si j'avais peur qu'il m'attaque.

J'ai viré l'appli de mon téléphone, mais je sais que la messagerie de Something Real va se télécharger dès que je vais démarrer mon ordi, et je vais me retrouver confrontée à un déluge de messages venant de lui.

Ou peut-être pas. Peut-être ne m'a-t-il pas envoyé un seul message depuis qu'il s'est excusé de m'avoir lâchée hier soir.

Mon estomac se soulève et une nausée me submerge. Depuis combien de temps m'étais-je persuadée que je communiquais avec Sam ? Je n'arrêtais pas de me le répéter, mais maintenant que je suis bien obligée d'admettre que ce n'était pas lui, je me sens… comme violée.

Je ne suis pas juste. River n'a jamais prétendu être Sam. C'est ma faute. Et pourtant, maintenant que je le sais, je regrette de n'avoir pas prêté plus attention à tous ces moments où quand nous bavardions je me sentais devenir froide, toutes les fois où j'avais le sentiment que quelque chose clochait. Chaque fois que je me posais des questions sur l'identité de cet ami anonyme, je me répétais toutes les raisons qui me faisaient croire que c'était Sam. River cherchait à investir, *Sam* travaille dans une banque d'investissements. River aime tenir des propos salaces, *Sam* aime tenir des propos salaces. River a un jeune frère, *Sam* a un jeune frère. River veut m'attacher, *Sam* aime m'attacher.

Mais peut-être que c'est un fantasme plus courant que je ne le croyais. Et les autres choses ? Un job dans la finance, un petit frère ? Comment est-ce que je peux être aussi bête ? Il doit y avoir des centaines de gars qui correspondent à cette description.

En retenant mon souffle, j'ouvre mon ordi et je l'allume. Et comme à chaque fois, la messagerie se télécharge et mon écran se remplit de messages manqués.

**Riverrat69 :** `Je ne t'en veux pas d'être furieuse. La balle est de ton côté maintenant, mais sache que j'aurais préféré être avec toi hier soir.`

Je pose mes mains sur mes joues cramoisies. Comment dire à River ce qui me contrarie à ce point ? Comment le dire à Sam ?

Je secoue la tête. Impossible. Le dire à Sam serait du suicide. Il n'y a rien de sérieux entre nous et il n'y a pas de raison de le blesser en lui avouant que je suis allée au bungalow avec l'idée de retrouver quelqu'un d'autre.

Mais je n'y suis allée que parce que je croyais que ce quelqu'un d'autre, c'était lui.

Bon sang ! Dans quel merdier inextricable me suis-je fourrée.

Je pose les doigts sur le clavier pour répondre à River. Mais au lieu de ça, je fais dérouler tous nos messages en remontant à il y a un mois environ, quand les choses ont commencé à franchir les limites de la camaraderie.

**Riverrat69 :** Parle-moi de ce qui t'excite.

**Tink24 :** Les baisers. Les rencontres secrètes dans des coins sombres. Les hommes forts qui ne lâchent pas l'affaire quand ils veulent quelque chose, mais qui ne sont pas trop fiers pour demander la permission avant de la prendre. Et toi ?

**Riverrat69 :** Les blondes, les belles femmes en jupe courte, les diablesses effrontées.

**Tink24 :** Oh, alors je t'excite ?

**Riverrat69 :** Oui, mais ça, tu le savais déjà.

**Tink24 :** Je l'espérais. Rien d'autre ?

**Riverrat69 :** Des tas de choses. Le galbe d'un cul de femme. L'entendre crier mon nom quand je la pénètre. La façon dont elle retient son souffle juste avant de jouir. À ton tour.

**Tink24 :** Cette conversation m'excite. Et, si le moment s'y prête et que je me sens en sécurité… être attachée.

**Riverrat69 :** J'adorerais t'attacher. C'est un de mes fantasmes récurrents.

C'est à partir de cette conversation que j'ai commencé à me persuader que je parlais à Sam. À un moment, j'ai oublié comment tout s'était enchaîné. Dans mon souvenir, c'était lui qui avait parlé de bondage en premier. Mais en fait, c'était moi. Et combien d'hommes résisteraient à une femme qui leur dit qu'elle aime être attachée ?

La sonnette de la porte d'entrée retentit et je fais un bond.

Je referme mon ordi, je me précipite vers la porte mais je regarde d'abord par la fenêtre. Hanna, Nix, Cally et Maggie sont debout sous le porche, les bras chargés de provisions.

J'ouvre la porte, la gorge serrée par l'émotion. Je suis si contente d'avoir de telles amies.

– Qu'est-ce que vous fichez là, toutes les quatre ?

– On vient te remonter le moral, dit Hanna en me poussant pour passer.

Cally la suit dans la cuisine.

– Je viens faire comme si je n'étais pas qu'une machine à changer les couches et à donner la tétée l'espace d'un petit moment.

Maggie me prend dans ses bras.

– Hanna a dit qu'on avait besoin d'une soirée entre filles. Alors, on est venues.

– Ouais, on est là, renchérit Nix avec un sourire.

Mon sourire vacille.

– Vous êtes les meilleures, les filles.

– On sait, disent-elles toutes les quatre à l'unisson.

Je les suis dans ma cuisine où Hanna sort tous les ingrédients pour faire des martinis au chocolat. Quand elle a traversé sa période mouvementée avec Nate et Max l'année dernière, c'est comme ça qu'on lui remontait le moral. Comme Cally et Hanna ont toutes les deux des bébés maintenant, les soirées martini sont devenues plus rares.

– Cela me fait vraiment du bien que vous soyez venues. Maintenant, passe-moi la vodka.

Hanna transverse le liquide brun foncé du shaker à martinis dans un verre qu'elle me colle dans la main. Puis elle en refait pour les autres pendant que je bois.

– Je suis certaine que je n'ai jamais entendu parler d'un truc aussi glauque, dit Nix après avoir descendu la moitié de son martini. Il faut que tu parles à Sam de ce Riverrat pour que vous puissiez faire toute la lumière sur cette histoire.

Cally frissonne.

– Quelqu'un t'a donné rendez-vous dans *leur bungalow*. Nix a raison. C'est vraiment flippant.

Je ne peux qu'être d'accord. Cette coïncidence est vraiment trop bizarre. On pourrait penser que c'est tout un stratagème qui a été imaginé pour me piéger, et que Sam était dans le coup, mais ça ne tient pas debout. Dans quel intérêt ferait-il ça ?

– Je ne veux pas le dire à Sam. Cela ne ferait que le blesser, et il n'y a aucune raison de lui en parler puisqu'il n'y aura jamais rien de sérieux entre nous.

– Tu n'en sais rien, dit Hanna. Je continue à croire que tu lui plais vraiment.

Quand je lui jette un regard significatif, elle ajoute :

– *Pas seulement* pour le cul.

– Franchement, dit Maggie, que tu aies ou non un avenir avec Sam, il faut que tu découvres qui est ce type.

– Il veut toujours me rencontrer. Je pourrais dire oui.

Hanna secoue la tête.

– Je ne suis pas sûre que cette idée me plaise beaucoup. Pourquoi ne peut-il pas te dire qui il est, et *ensuite*, vous pourrez vous rencontrer ?

– Il ne sait pas non plus qui je suis. Oh là là, ce que je suis contente d'avoir envoyé par erreur cette photo de moi à Sam par texto alors que je voulais l'envoyer à River par l'appli de discussion de Something Real.

Nix me regarde en fronçant les sourcils.

– Qu'est-ce que tu racontes ? On ne peut pas envoyer de photos par Something Real.

– Bien sûr qu'on peut. J'en avais déjà envoyé à River.

– Tu as fait ça ? crient les filles en chœur.

– Pas précisément des photos de moi, j'ai seulement *contourné* le règlement, je ne l'ai pas *enfreint*. Je lui envoyais de petits bouts de moi. Ma hanche, mes orteils… (j'ai les joues écarlates) Vous voyez…

Nix croise les bras.

– C'est vraiment bizarre. C'est impossible d'envoyer des photos depuis mon compte.

Nous nous tournons toutes vers elle.

– Tu as un compte sur Something Real ?

Elle détourne les yeux.

– Tu avais l'air de trouver ça tellement cool, je me suis dit que cela valait la peine d'essayer. Mais je t'assure, il n'y a pas moyen d'envoyer des photos.

Elle sort son téléphone de sa poche et fait des trucs dessus pendant une minute avant de me le montrer.

Elle a ouvert l'appli de discussion et, en effet, il n'y a pas d'option d'envoi de photos.

– Je dois dire que je trouvais ça plutôt confiant de leur part de nous permettre d'utiliser cette option alors que nous étions censés rester anonymes. Mais c'est encore au stade de l'expérimentation, alors c'est peut-être seulement un bug.

– Pour en revenir au fait que River ne sait pas qui tu es, dit Maggie, qu'est-ce que ça change ?

Je hausse les épaules.

– Je pourrais arrêter. Je pourrais supprimer mon compte et le programme et ne plus jamais lui reparler. C'est obligatoirement quelqu'un qui vit dans le coin, alors c'est mieux que nous ne nous connaissions pas, non ?

– Mais tu *l'aimais bien*, dit Hanna. Cela veut bien dire quelque chose. Pourquoi ne pas découvrir qui il est, et après voir si ça peut marcher entre vous ?

Maggie secoue la tête.

– Mais cela risque d'être très compliqué si c'est quelqu'un de l'entourage des Bradshaw.

– Ou si c'est un Brasdshaw lui-même, dit Nix. Après tout, c'est leur bungalow de famille.

– C'est le bungalow de la *famille Bradshaw.*

Je répète ce qu'a dit Nix, mais je commence à redevenir hystérique et cela ressemble à un grincement.

– Sam m'a même dit hier soir que Connor l'utilise souvent pour laisser un peu d'espace à Della quand elle fait la gueule. Connor.

Je porte la main à mes lèvres. Je recommence à avoir la nausée.

– Oh, mon Dieu.

– Liz ? dit Hanna. À quoi tu penses ?

Je prends une inspiration hésitante, mais j'ai du mal. Mes poumons sont trop horrifiés pour accepter de prendre de l'air.

– Et si c'était avec *Connor* que j'avais cette relation par Internet ?

Je secoue la tête

– Non, il ne ferait pas ça. Il est marié maintenant et malgré tout ce que vous pensez toutes les quatre de ce qui s'est passé l'été dernier, c'est *vraiment un type bien.*

Elles échangent un regard, puis examinent leurs ongles, le plan de travail, leur verre, n'importe quoi sauf mon visage.

Cally est la première à rompre le silence.

– Est-ce que River a dit pourquoi il n'était pas venu hier soir, Liz ?

– Il a dit qu'une obligation familiale l'avait retenu et qu'il n'avait pas pu s'y soustraire.

Je secoue la tête.

– Connor est un type bien. C'est dégueulasse de ma part d'imaginer rien qu'une seconde que cela pourrait être lui. Ce n'est pas possible. Il ne ferait jamais ça.

Hanna croise mon regard et fait la grimace.

– D'après le *New Hope Tattler*, la femme de Connor a mis leur fille au monde hier soir.

– La naissance d'un enfant serait une vraie raison qui l'empêcherait de rencontrer sa maîtresse sur Internet, dit Nix.

– Non, je murmure.

Cela se tient. Cela se tient trop bien.

Mais je suis plus malheureuse que jamais.

# 15

# SAM

*Elle est vraiment on ne peut plus baisable. Il faut qu'elle soit à moi.*

Je ne suis jamais autant venu au QG de campagne que depuis que Liz y travaille. Avant, je détestais cet endroit, mais maintenant j'ai toujours le sourire quand je passe la porte. Parce que je sais que je vais voir Liz.

Elle est sur le trottoir en face du QG, elle fixe la porte comme si elle essayait de rassembler tout son courage pour entrer. Ses cheveux sont attachés en chignon sur le sommet de son crâne, elle a des bas noirs, des bottes qui s'arrêtent aux genoux et un manteau rose à pois serré à la taille qui la fait ressembler à une de ces femmes stylées des années quarante avec leurs courbes arrondies.

Tout à coup, je l'imagine arrivant chez moi avec pour seuls vêtements ce manteau et une paire de hauts talons assortis. Je la soulèverais pour la poser sur le plan de travail de la cuisine et je dénouerais sa ceinture pendant que...

– Sam ? Tu as entendu ce que je disais ?

C'est Connor, derrière moi. Je n'ai pas entendu un mot de ce qu'il a dit.

– Je te demandais si tu vas venir accompagné au gala samedi ? Dans le cadre de l'opération Comment-Faire-Passer-un Dragueur-pour-un-Mec-Bien ?

– Ouais, je grogne sans quitter Liz des yeux. Je serai accompagné.

– Par qui ?

Connor suit mon regard puis s'éclaircit la voix.

– Tu devrais peut-être consulter ton père à ce sujet ?

À contrecœur, je me retourne vers Connor.

– Pourquoi ça ?

– C'est sa carrière politique qui est en jeu. Je me disais juste qu'une autre personne...

– Je viendrai avec Liz.

En fait, il faut encore que je le lui demande. Mais plus Connor essaie de m'éloigner d'elle, plus je suis résolu à la garder près de moi. Elle me plaît, mais je ne sais pas si je peux lui faire confiance. Je suis bien placé pour savoir que ces deux sentiments ne vont pas très bien ensemble – pas si vous tenez à un « happy end ». Mais je la garderai éloignée de Connor et près de moi parce que, de toute façon, je n'ai jamais cru à un « happy end ».

– On n'aurait jamais dû l'embaucher, marmonne-t-il.

Je me tourne vers lui et je le regarde, les yeux plissés.

– Pardon ?

Il soupire et secoue la tête.

– Tu ne penses pas avec ta cervelle quand il s'agit de Liz.
– J'imagine que cela fait deux avec toi.

***

## LIZ

Je vais devoir quitter ce boulot. C'est à peine si j'ai dormi la nuit dernière tellement je me suis creusé les méninges pour trouver un moyen d'éviter tout ça, mais je ne peux pas continuer à travailler avec Connor. C'est déjà assez dur de penser que j'avais une relation en ligne avec un homme marié, de savoir qu'au cours de cette relation nous avons échangé des propos obscènes, que nous avons failli nous rencontrer en chair et en os, si en plus on ajoute à ça mon histoire avec Connor et le fait que j'étais la principale intéressée dans ce que sa femme considère comme la pire des trahisons, et que si cette relation vient à être connue, nous sommes foutus, Della me détesterait encore plus que maintenant. Elle demanderait le divorce. Et Sam…

Paradoxalement, j'ai l'impression que j'ai retrouvé Sam. Je ne suis pas assez bête pour penser que samedi soir marquait le début d'une nouvelle histoire entre nous, mais c'était quelque chose. Je me suis dit que peut-être nous pourrions redevenir amis, au moins. Mais s'il savait, il recommencerait à me haïr.

En respirant profondément, je pousse les portes du QG. Et, bien entendu, Connor est la première personne sur qui je tombe.

– Comment va le bébé ?

Je souhaite seulement qu'il ne voie pas à quel point mon sourire est forcé.

Connor est rayonnant.

– Elle est magnifique. Elle ne laisse pas son papa et sa maman beaucoup fermer l'œil, mais cela en vaut vraiment la peine.

– J'en suis certaine. Et Della ?

Il secoue la tête, l'air émerveillé.

– Elle est fantastique. Elle était faite pour être mère. Elle est très douée.

Il a l'air aux anges. Est-ce qu'il a vraiment la tête d'un homme qui tromperait sa femme ? Je refuse que le mariage de Della et Connor capote à cause de moi. Hier soir, les filles ont fait de leur mieux pour me convaincre que je ne suis pas responsable dans cette histoire. Je n'avais aucun moyen de savoir que River était marié et sa décision de s'embarquer dans une relation inappropriée sur Internet n'engage que lui. Alors, oui, peut-être qu'il trouvera quelqu'un d'autre quand j'arrêterai de lui répondre sur Something Real, mais au moins s'il franchit la ligne et devient infidèle, je n'en serai pas la responsable.

– Salut, Liz.

Je pousse un cri étouffé en entendant la voix de Sam, comme s'il pouvait lire dans mes pensées. Je secoue la tête pour repousser cette stupide inquiétude.

– Salut.

Il est très beau aujourd'hui en tenue de banquier. Certains hommes ont l'air mal à l'aise en costume cravate, mais Sam est dans son élément et c'est aussi naturel sur lui que le jean et le t-shirt sur d'autres gars.

– Comment vas-tu ?

– Bien.

Ses yeux se baladent sur moi de haut en bas puis remontent et je dois réprimander mes parties intimes quand elles commencent une petite danse de célébration.

– Je dois parler à ton père.

– Très bien.

Il me prend par le bras et m'accompagne jusqu'au bureau de son père, mais à mi-chemin dans le couloir il s'arrête et me colle contre le mur en posant les mains de part et d'autre de ma tête.

– Comment ça se passe avec Connor ?

– Qu… quoi ?

*Il est au courant. Il est au courant pour River.*

Son regard se pose sur ma bouche.

– Ça ne te fait pas bizarre ? Après ce qui s'est passé entre vous ?

– Oh. Non. Ce n'est pas bizarre.

Il continue à regarder ma bouche, et au lieu de chercher une réponse appropriée à cette question, je me dis que j'aimerais beaucoup qu'il m'embrasse. Pourquoi mon esprit se met-il toujours à battre la campagne quand Sam est dans le coin ?

– Je… je pense que je ferais mieux de démissionner de toute façon, comme ça, il n'y aura plus de problème.

Il fronce les sourcils.

– Démissionner ? Pourquoi ?

*Pourquoi, en effet ?* J'étais tellement occupée à me demander ce que je devais faire que je n'ai même pas pris la peine de réfléchir à ce que je dirais quand je le ferais. Qu'est-ce que je vais dire à monsieur Bradshaw quand je démissionnerai ? *Salut, j'ai eu une relation déplacée sur Internet avec un homme qui est probablement votre gendre, alors j'imagine que je ne devrais plus travailler ici.*

– C'est à cause de ce qui s'est passé entre vous l'été dernier, c'est ça ? Est-ce que Della t'a menacée ?

Je secoue la tête.

– Non. Della n'y est pour rien. Seulement, j'ai réfléchi…

Bon, l'histoire est déjà là. Je peux aussi bien continuer sur cette voie. Ce n'est pas comme si j'avouais quelque chose de nouveau.

– Je me demande si c'est une bonne idée de travailler si près de Connor.

– Ne t'inquiète pas pour lui.

– Alors, ça ne te dérange pas que je travaille ici ?

Il sourit et fait un pas en arrière.

– Pourquoi ça me dérangerait ? Dis-moi que tu ne vas pas démissionner.

On entend un clic, la porte de monsieur Bradshaw s'ouvre et il fait un pas dans le couloir.

– Monsieur Bradshaw.

Je me redresse et je fais de mon mieux pour ne pas montrer que j'espérais que son fils allait m'embrasser contre le mur.

– Bonjour.

– Appelle-moi Travis.

Il sait que je ne le ferai pas. Il me dit de l'appeler Travis depuis que j'ai quinze ans, quand je venais dormir sous son toit. Quand il sourit, de petites rides apparaissent au coin de ses yeux. Le père de Sam fait partie de ces hommes qui vieillissent si bien que toutes les femmes de cette ville se pâment pour lui – depuis ma mère jusqu'à ma petite sœur Abby. Il ne se prend pas pour George Clooney, mais cela sert bien ses ambitions politiques.

Une femme sort de son bureau après lui, grande, mince, avec de longs cheveux roux.

– Madame le gouverneur Guy.

Elle me sourit, puis fait un signe de tête à Sam.

– Bonjour. C'est une très belle journée à New Hope, n'est-ce pas ?

– Christine, dit Sam.

Je suis étonnée qu'il l'appelle par son prénom. J'imagine que leurs familles se connaissent depuis des années, mais je m'attendais quand même à ce qu'il l'appelle par son titre.

– Je vous présente la dernière arrivée dans la campagne de mon père, Elizabeth Thompson.

Je lui tends la main, plus flattée que je ne veux l'admettre que Sam m'ait appelée *Elizabeth* et non *Lizzy*.

– C'est un plaisir de vous rencontrer, Madame le gouverneur. Et un honneur de vous dire en personne à quel point j'apprécie le travail que vous avez accompli pendant vos deux mandats. Quand j'étais au lycée et que vous vous présentiez pour la première fois, vous étiez mon idole. Je voulais *être* Christine Guy quand je serais grande.

Le gouverneur se tourne vers monsieur Bradshaw et hausse un sourcil.

– Cette jeune femme me plaît, Travis.

Elle se retourne vers moi en souriant.

– Est-ce que je dois comprendre que vous avez l'intention de devenir la deuxième femme gouverneur de l'Indiana ?

Je baisse la tête. Quand on fait de la politique, vos résultats scolaires sont rendus publics, les journalistes racontent comment vous avez triché pendant vos examens à l'école primaire. Les hommes politiques qui ont fumé de l'herbe quand ils étaient jeunes prétendent qu'ils n'avalaient pas la fumée, mais je ne pense pas qu'on puisse dire quelque chose de plus stupide.

– J'ai mûri depuis cette époque-là, je suis devenue plus réaliste je suppose. Personne ne voudrait d'une blonde effrontée à un poste politique important.

Elle fronce les sourcils.

– Quel est l'abruti qui vous a mis cette idée en tête ?

En fait, c'était mon professeur de sciences politiques en première année à Sinclair, mais j'élude la question.

– Vous savez, à moi on m'a dit que personne ne voudrait d'une ex-reine de beauté, veuve par-dessus le marché, à ce poste, et me voilà au terme de mon second mandat et en lice pour la course à la présidence des États-Unis.

– Vous êtes un modèle.

Je me rends compte que ces mots sont trop faibles pour exprimer à quel point je le pense.

– Pour ma part, j'ai compris que je me sens mieux dans les coulisses. Je ne pense pas que j'aimerais vivre sous les projecteurs à longueur de journée, mais j'adore apporter ma contribution à la réussite de quelqu'un qui le mérite autant que monsieur Bradshaw.

– Elle est rapidement en train de devenir un atout pour nous, dit monsieur Bradshaw. Elle a un don pour la rhétorique, cette petite.

Le gouverneur Guy hoche la tête.

– Je vais peut-être laisser Travis vous apprendre les ficelles du métier et, ensuite, je vous enlèverai pour ma propre campagne après les primaires.

J'en ai le souffle coupé, et je ne le retrouve pas à temps pour réagir. Monsieur Bradshaw et Madame le gouverneur entreprennent de discuter du gala, et Sam me fait un clin d'œil. Monsieur Bradshaw raccompagne le gouverneur jusqu'à la porte en nous laissant, Sam et moi, de nouveau seuls dans le couloir.

– Bien joué, murmure-t-il en se rapprochant. Le gouverneur Guy ne se laisse pas facilement impressionner, mais tu lui as plu.

– Tu crois qu'elle parlait sérieusement à propos de m'embaucher pour sa campagne ? Tu crois que je pourrais vraiment faire ça ?

– Si tu t'en fiches de travailler pour un salaire de merde.

– Je m'en fiche. Je veux dire, cela vaudrait le coup. Tu ne crois pas ?

Son visage devient grave.

– Je pense que c'est stupéfiant que, depuis le temps que je te connais, je n'ai jamais su que tu aimais la politique à ce point-là.

– Au début de mes études à Sinclair, ma première dominante, c'était les sciences politiques. On m'a encouragée à… repenser ma décision.

Il m'observe un instant, quelque chose change dans son expression.

– Prouve-leur qu'ils ont eu tort, Liz. Si c'est ce que tu veux, je pense que tu devrais te lancer. Tu as tes entrées avec Christine. La plupart des gens qui veulent faire carrière en politique rêveraient d'avoir une relation comme ça. Fais-le.

– Aider la première femme gouverneur de l'Indiana à devenir la première femme président des États-Unis ?

– Ouais. Pourquoi pas ?

Parce que je dois démissionner. Parce que j'ai merdé une fois de plus et que, cette fois, cela risquerait de détruire un couple.

– Ne démissionne pas. Continue à travailler pour mon père et si, après plusieurs mois de travail harassant, sous-payé et à peine reconnu à sa juste valeur, tu ne fuis pas le monde de chiens de la politique, alors va travailler pour Christine.

À cet instant, j'entends la voix grave de Connor qui discute en riant avec monsieur Bradshaw devant la porte.

– Je ferais mieux de démissionner. J'ai été stupide d'accepter ce job et de penser que l'été dernier n'aurait pas de conséquences.

– Tu n'as pas été stupide. C'est quelque chose dont tu as toujours eu envie. N'abandonne pas ça à cause de lui.

# 16

# SAM

– Tu te rends compte des conséquences que cela pourrait avoir sur ta vie future ? Tu y as pensé à ça ?

Je pointe un doigt accusateur vers l'écran de l'ordinateur. Ryann relève le menton, et l'expression dans ses yeux se durcit. Elle peut être sacrément butée, cette gamine, un peu comme moi. Et toujours un peu comme moi, elle ne reconnaît pas facilement ses erreurs.

– Tu en rajoutes, dit-elle en rejetant ses cheveux blonds en arrière.

– Et s'ils avaient des photos, Ryann ? S'il y avait des photos prouvant que tu as eu une liaison avec un homme qui a au moins deux fois ton âge ?

– Du calme, Sam. Il n'y a pas de photos, ok ? Je ne suis pas stupide.

Je me masse la nuque où la tension s'est accumulée depuis qu'Hanna m'a envoyé le lien ce matin. Son rocker de mari est un des sujets préférés de *New Hope Tattler*, alors Hanna a pris l'habitude de jeter régulièrement un œil à ce pseudo-tabloïd. Mais, pour une fois, ce n'était pas Nate Crane qui faisait la une du site Internet. Cette fois, c'était le nom de ma sœur qu'ils traînaient dans la boue, en insinuant qu'elle couchait avec un vieux prof d'art de l'université de Sinclair. Dès qu'elle est arrivée à la banque pour prendre son poste au guichet, je l'ai appelée dans mon bureau.

– Qu'est-ce que tu vas faire si papa et maman voient ça ?

– Nier, nier et toujours nier. J'appartiens à la même famille que toi. Je sais comment m'y prendre.

Quand je la fusille du regard, elle hausse les épaules comme si elle s'en fichait, mais son regard a changé et je sais ce qu'il en est. En fait, elle est terrorisée à l'idée que mes parents puissent le découvrir.

– Ce n'est pas comme si tu ne faisais pas la même chose quand tu avais mon âge.

Je me fige.

– Qu'est-ce que tu sais de ce que je faisais à ton âge ?

– J'en sais assez, tu peux me croire. Et *même plus* que ça. Beurk.

Je ne pensais pas que quelqu'un était au courant, mais ce n'est pas le propos aujourd'hui.

– Là, c'est différent.

– C'est ça, parce que je suis une fille. Tu trouves ça juste ?

Je soupire et m'enfonce dans mon fauteuil. Je ne suis pas sûr de trouver cela juste, mais l'idée qu'un vieux dégueulasse puisse toucher ma petite sœur me soulève l'estomac. Nos parents sont très attachés aux apparences. On ne peut pas prétendre à être la famille la plus influente de New Hope si les gens ne vous respectent pas.

– Nos vies ne nous appartiennent plus, c'est ça ?

– Non. Cela n'a jamais été le cas, en fait. Même avant qu'il ne soit candidat au poste de gouverneur.

– Comment ça va avec Lizzy ?

Je ne l'ai pas vue de la semaine. Elle m'évite. Elle ne répond pas à mes appels et ne m'envoie que des textos très brefs.

– J'ai vingt-sept ans et je n'ai encore jamais eu de relation sérieuse. J'ai bien peur de ne pas savoir m'y prendre.

Ryann ricane, puis pose les mains sur sa bouche.

– Oh pardon ! Tu es sérieux, là ?

– Oui, je suis sérieux.

– Eh bien, est-ce que tu lui as demandé de sortir avec toi au moins, imbécile ?

– Oui. Elle était ma cavalière au mariage d'Hanna.

Elle lève les yeux au ciel.

– Je ne te demande pas si tu l'as invitée à t'accompagner à une réception à laquelle tu étais obligé d'aller. L'as-tu invitée à sortir avec toi en tête à tête ? Un vrai rencard, quoi ? Dans le cadre de la campagne, elle sera au refuge de la SPA demain. Tu devrais l'accompagner, promener les chiens avec elle et lui proposer un rencard.

– Tu crois qu'elle acceptera ?

Elle hausse les épaules.

– Elle a l'air d'aimer ta sale gueule, alors je suppose que oui. Mais en fait, ce n'est pas vraiment ça, la question.

– Et c'est quoi la question ?

– Tu veux une relation sérieuse ? Tu vas devoir dévoiler tes intentions, au risque de te faire jeter.

***

## LIZ

Le refuge pour animaux de New Hope est rempli de vieux chiens errants qui ont peu de chances d'être adoptés un jour. Les pancartes sur leurs cages sont comme les petites annonces immobilières, elles essaient de les faire passer pour plus chic qu'ils ne sont en réalité. *Croisé berger et labrador, croisé husky et corgi, croisé caniche et labrador*. Pour tous, le mot *bâtard* serait plus honnête. Ce sont des chiens SDF. Pour la plupart, on les a simplement abandonnés ici – les gens aiment venir à la campagne pour abandonner leurs chiens. Ça les déculpabilise. Comme s'ils voulaient seulement leur offrir une vie meilleure, alors qu'en réalité ils ont trouvé que le chien devenait trop encombrant, ou bien le coup de cœur des débuts s'est émoussé lorsque l'adorable bébé chien a grandi.

– Contente de te revoir ici, dit Ryann en me voyant arriver. Ils t'attendent.

Elle me tend les clés qui ouvrent les cadenas des niches et une paire de laisses, et j'entre dans le couloir bruyant bordé des cages des plus vieux chiens. Il y a quelques chiots dans la pièce au bout du couloir, mais les chiots ne manquent pas de jeux ni d'attentions. Ces vieux bâtards pelés, eux ? Ils ont besoin de moi.

Je m'arrête devant la première cage.

– Salut, Princesse.

La pancarte dit *croisé de labrador noir*, et c'est probablement assez juste. En partie labrador noir, en partie quelque chose qui lui donne ce nez écrasé et quelque chose d'autre dont elle a hérité un poil duveteux et ondulé comme celui d'un husky.

J'ouvre la cage et je lui passe la laisse. Elle remue la queue comme tous les chiens du monde le font pour exprimer l'amour, le bonheur et l'heure du repas.

Je peux promener la plupart des chiens deux par deux, mais Princesse requiert un traitement spécial. C'est presque comme si cela la rendait triste de devoir partager mes attentions avec quelqu'un d'autre, alors j'ai pris l'habitude de la promener toute seule.

Je mets mon foulard et nous sortons par la porte de derrière pour traverser l'aire de jeux et la grille. La neige crisse sous nos pas. L'air est glacé, mais le soleil brille aujourd'hui et le ciel est bleu. Il va encore neiger ce week-end, ce qui signifie que nous avons toutes les chances d'avoir un Noël blanc.

– Quand vas-tu l'adopter, ce chien, au fait ?

Je me retourne en entendant cette voix et je trouve Sam qui marche derrière moi. Il doit rentrer chez lui après le travail. Il porte un long pardessus qui n'est que partiellement boutonné et je vois qu'il a toujours sa chemise et sa cravate en dessous.

– Oh, salut.

Il me sourit chaleureusement et allonge sa foulée pour me rattraper.

– Ça ne t'ennuie pas si je marche avec toi ?

– Je… non, bien sûr.

*Mon cher cœur, calme-toi, putain. 'kay ? Merci.*

Parce que mon cœur doit arrêter de faire des sauts périlleux chaque fois que je vois Sam.

Si Sam découvrait la vérité à propos de River… à propos de Connor…

Mon estomac se met à faire comme mon cœur, un saut périlleux lui aussi – mais du genre nauséeux – pas le genre heureux et léger.

– Ta semaine s'est bien passée ? je demande pour rompre le silence.

– Ça a été. J'ai été… distrait la plupart du temps.

Nous marquons une pause pendant que Princesse renifle le tronc d'un arbre avant de faire de son mieux pour l'arroser.

– Distrait ? Par quoi ?

Il penche la tête et le coin de sa bouche se soulève en un petit sourire gêné.

– Pas *toi* ? Même un peu ?

Le rouge me monte aux joues. C'est vrai. *Distraite.* Parce que nous avons passé la nuit de samedi et une bonne partie de la matinée de dimanche à faire l'amour comme des bêtes. Et c'était si bien, vraiment, qui pourrait penser à autre chose ? Seule une femme qui a un terrible secret à cacher le pourrait.

– Tu es absolument adorable quand tu rougis, Canaille.

– Je n'en doute pas.

Je tire doucement sur la laisse de Princesse pour la ramener sur le trottoir et nous reprenons notre marche.

– Veux-tu être ma cavalière samedi pour le gala ?

– Quoi ? Pourquoi ?

– Il y a un tas de raisons pour ça, mais je ne veux pas les dire tout haut pour ne pas faire rougir le chien.

Il enfonce ses mains dans ses poches et sourit doucement.

– En plus, il paraît que je suis absolument irrésistible en smoking.

– On n'a pas déjà atteint notre quota d'un rencard par an ?

– Ma sœur nous a interrompus, alors ça ne compte pas. Il me faut une cavalière, Liz. Pourquoi pas toi ?

– Je ne sais pas si c'est une bonne idée.

*Je suis sûre que c'est une très mauvaise idée.*

– C'est une excellente idée.

J'ai passé la semaine à réécrire le discours de monsieur Bradshaw de quarante manières différentes et à essayer de prendre une décision au sujet de mon job. Je peux, soit démissionner – couper les ponts et fuir avant que Connor ne découvre que je suis Tink24 ou, ce qui serait pire, que quelqu'un d'autre ne découvre ce qui s'est passé entre nous sur Internet – soit tenir le coup un peu plus longtemps et avoir accès à la plus grande opportunité de ma vie. Je n'ai pas envie de laisser passer l'occasion de travailler dans la campagne du gouverneur Guy, alors je n'ai pas envie de démissionner. Si je dois garder mon boulot en évitant Connor, est-ce que ce ne serait pas mieux de le faire avec Sam de mon côté ?

– Allez, dis oui, me murmure-t-il à l'oreille en me passant le bras autour de la taille. Je ne crois pas que je pourrai supporter encore un de ces dîners si tu n'es pas avec moi.

– Et en quoi est-ce que ça va t'aider ? Qu'est-ce que ça va changer que je sois avec toi ?

Mais je sais déjà que je vais l'accompagner.

– Comme ça, je pourrai passer le temps en pensant à toutes les choses coquines que je te ferai après.

# 17

# SAM

Je suis angoissé, putain. Angoissé à l'idée d'emmener une femme à un dîner. Cela ne me ressemble pas. Cela ne me ressemble pas d'être tellement distrait que je n'arrive pas à travailler. Avoir envie de la ramener à la maison et de la tenir contre moi toute la nuit, ça non plus cela ne me ressemble pas.

Si seulement ce n'était pas aussi compliqué.

Je frappe de la main sur mon volant.

– Va te faire foutre, Connor.

Parce que les sentiments que Liz provoque en moi ne me sont déjà pas naturels, mais son histoire avec mon beau-frère les rend encore plus compliqués. Je n'ai même pas réussi à suivre le conseil, pourtant très simple, de Ryann et à inviter Liz pour une soirée qui n'était pas une obligation déjà programmée. Liz n'est pas encore prête pour ça. Elle est trop occupée à se protéger, et je ne sais pas ce qui chez moi la pousse à faire ça. On se caresse, on baise, et c'est super-bien, et ensuite elle se barricade de nouveau.

Dès qu'elle sort sur son porche, j'oublie tout ce tumulte. Bon Dieu, qu'elle est belle ! Elle porte une petite robe noire très courte qui dévoile ses longues jambes fuselées et qui moule ses hanches. Elle met ses courbes en valeur et me reviennent à l'esprit tous les endroits favoris que j'aime tant caresser et goûter.

Je descends de voiture et j'en fais le tour pour lui ouvrir la portière.

– Tu es magnifique.

Ses joues rosissent.

– Merci.

Et là, je ne peux pas résister et je veux lui faire savoir qu'elle est toute à moi ce soir, je glisse une main sur sa nuque et je pose mes lèvres sur les siennes. Quand je les écarte de ma langue, le goût de sa bouche me propulse dans le temps, au moment nous nous sommes embrassés pour la première fois. Elle est si douce et si tendue que, l'espace d'un instant, je me demande ce que je ferais si je pouvais revenir à ce soir-là quand elle est venue à Notre Dame. Peut-être que je me glisserais dans le lit auprès d'elle et que je la tiendrais dans mes bras pendant qu'elle dort. Peut-être que quand elle se retournerait vers moi au milieu de la nuit pour m'offrir ce que je savais ne pas mériter, je l'accepterais quand même.

Quand elle s'est assise sur mes genoux ce soir-là, je savais ce qu'elle voulait. Elle voulait que je prenne sa virginité alors que je pensais déjà qu'elle m'était destinée. Liz, elle-même, m'était destinée. Je n'avais qu'à attendre un an, peut-être deux. Je devais m'assurer qu'elle était prête. Que je ne risquais pas de lui faire mal ou de la faire fuir.

Qu'elle se soit donnée à Connor cette première fois, je pourrais encore le pardonner. Je n'avais aucun droit de lui demander de m'attendre. Mais quand je l'ai trouvée dans son lit l'été dernier…

Ouais, si la vie repassait les plats, je passerais cette nuit à la fac différemment. Il y a un tas de choses que je ferais autrement. Le premier baiser, la première nuit où nous avons fait l'amour et la façon dont j'ai réagi quand Asia s'est pointée chez moi pour me dire qu'elle avait l'intention de garder le bébé.

Liz a toujours été là. Le point d'ancrage dans ma vie qui m'a toujours semblé hors d'atteinte. Et j'ai contribué à la placer là. Elle s'est mise hors de ma portée parce qu'elle avait peur de me confier son cœur. Je m'en rends compte à présent. Je ne sais pas comment la convaincre de m'accorder sa confiance, et je ne sais pas comment lui faire confiance, mais je veux trouver un moyen.

Comment le lui dire, comment lui expliquer que je n'aime pas vraiment l'homme que je suis devenu mais que je ne sais pas si je peux être quelqu'un d'autre ? Comment la prévenir que l'avoir à mon bras ce soir était d'abord un geste politique destiné à servir l'image de mon père, mais que cela a davantage de signification pour moi ? Alors, j'incline ma bouche sur la sienne et je l'embrasse plus fort et elle se laisse aller et gémit sur mes lèvres.

Lorsque je m'écarte, elle passe la pointe de sa langue sur sa lèvre comme si elle voulait y glaner le souvenir de ce baiser, et j'ai l'impression de descendre plusieurs échelons d'une immense échelle instable. Je suis terrorisé à l'idée de ce que je pourrais trouver si je tombe jusqu'en bas, mais pour elle cela vaut peut-être la peine de courir ce risque.

***

## LIZ

– Pourquoi ce baiser ?

– Est-ce que j'ai besoin d'une raison pour embrasser la plus belle femme que j'ai vue aujourd'hui ?

*Ne me dis pas des choses comme ça.* J'ai déjà passé les deux derniers jours à me répéter que Sam ne m'a invitée à l'accompagner ce soir que parce que cela l'arrangeait. Il avait besoin d'une cavalière et il m'avait sous la main, c'était pratique. Mais quand il fait en sorte que je me sente bien plus importante que ça, j'ai du mal à m'en souvenir. S'il continue son numéro de charme, cela va se compliquer.

– Merci.

Un peu gênée, je monte dans la voiture et il referme la portière avant de faire le tour et de s'installer à la place du conducteur. Ses épaules semblent trop larges pour le petit espace de l'habitacle, et pendant un moment, je pense à ce que je ferais si nous étions un vrai couple. Je poserais peut-être ma tête sur son épaule ou nous nous tiendrions la main entre nos sièges.

– J'ai le trac, dis-je en m'obligeant à penser à autre chose qu'à ma sempiternelle litanie d'hypothèses liées à Sam. Je ne suis pas mécontente de ce que j'ai écrit et je sais que cela a plu à ton père, mais à l'idée que tous ces gens vont écouter un texte qui vient de moi, ce qu'ils vont en dire, et le fait que ce qu'ils vont en retirer affectera leur jugement sur la campagne de ton père…

Je hoche la tête.

– C'est intimidant.

Il relève mon menton de son index et me regarde droit dans les yeux.

– Mon père ne le lirait pas s'il ne pensait pas que c'est parfait. Tu peux me croire, il se fixe toujours des critères très élevés et ne transige jamais.

Je me mords les lèvres en acquiesçant.

– Il faut juste que je pense à autre chose.

Il me dévisage lentement en élargissant son sourire.

– Je peux peut-être faire quelque chose pour t'aider.

À en juger par la façon dont il me regarde, je pense savoir de quoi il parle, sans qu'il ait besoin d'expliciter. Mais il tourne la clé de contact et démarre sans tenter le moindre geste, contrairement à ce que j'attendais.

– Qu'est-ce qui m'attend ?

Nous entrons sur l'autoroute.

– Beaucoup de monde. Beaucoup d'argent. Beaucoup de vent. La plupart de ces gens soutiennent mon père et ne poseront aucun problème. Les seuls dont tu doives te méfier, ce sont les journalistes. Ils vont tout faire pour t'amener à parler, à en dire plus que tu ne dois.

Je me tends à l'idée que quelqu'un pourrait essayer de me piéger pour me faire trahir des secrets concernant la campagne, et Sam pose sa main chaude sur ma cuisse.

– Contente-toi de sourire et de rester à côté de moi. Je les empêcherai de t'ennuyer.

Sa main se déplace et trouve son chemin sous l'ourlet de ma robe, et ses doigts s'enroulent autour de ma cuisse.

Les muscles entre mes jambes se contractent quand sa main se rapproche. Je retiens mon souffle et, instinctivement, j'avance les hanches vers le bord de mon siège, invitant silencieusement sa main à venir plus près de l'endroit où je la veux. Il ne cède pas.

Pendant le reste du trajet, nous échangeons quelques mots au sujet de qui sera là et de ce qui va se passer et, de temps en temps, ses doigts se baladent sur la face interne de ma cuisse, sans jamais aller plus haut.

En arrêtant la voiture dans la file du service de voiturier, il se tourne vers moi.

– Tu as les joues un peu rouges, Liz. Tout va bien ?

– Ah bon ? Eh bien…

Je baisse les yeux vers sa main toujours positionnée sous ma jupe, puis je le regarde dans les yeux.

Il sourit et frôle le centre de ma culotte du bout des doigts. Après un trajet de quarante-cinq minutes à penser très exactement à ce type de caresse, j'ai un mal fou à ne pas saisir son poignet et à le supplier de continuer. Il retire sa main.

– Tu n'as plus le trac, si ?

Quelqu'un ouvre ma portière et je regarde, ahurie, l'homme en livrée rouge qui me tend la main.

– Je crois que c'est le moment où tu descends de voiture, dit Sam.

***

# SAM

– Et c'est ainsi que je vois l'avenir de notre grand État, dit mon père depuis le pupitre sur l'estrade. Ce sont les travailleurs, les innovateurs, les hommes de conviction, qui ramèneront les emplois dans l'Indiana, et si vous votez pour moi, je me mettrai au service de leur action.

L'assistance applaudit avec enthousiasme et mon père fait un signe de la main en souriant avant de descendre de l'estrade.

Liz est toute pâle à côté de moi. Je n'ai pas l'impression qu'elle ait pris la moindre inspiration inutile durant les quinze dernières minutes. En fait, je suis pratiquement sûr qu'elle a même laissé passer plusieurs doses d'oxygène indispensables.

– Bravo, je lui murmure à l'oreille.

Je l'aide à se lever, parce que tout le monde est déjà debout en train d'applaudir, et cela semble la ramener brusquement à la vie. Elle tape dans ses mains, elle aussi, jusqu'à ce que mon père vienne nous retrouver à notre table et embrasse fougueusement ma mère sur la bouche avant de se rasseoir.

– C'était un discours incroyable, dit Sabrina à mon père.

– Je suis d'accord, dit le gouverneur Guy tandis que nous nous rasseyons tous. Je crains que mon discours d'ouverture n'ait été bien pâle en comparaison.

– Votre discours était formidable, Gouverneur, dit Liz. Le passage sur la fierté d'être un habitant de l'Indiana, et comment les deux Indiana – les petites villes et les grandes cités – doivent se tenir la main et travailler ensemble pour que tout le monde prospère ? C'était tout à fait pertinent.

Christine est radieuse.

– Vous avez raison Elisabeth, et je me suis dit également que cela parlerait aux gens d'ici. Mais ne soyez pas modeste, Travis m'a dit que vous étiez sa plume pour son discours de ce soir.

– Le mérite ne m'en revient pas intégralement. Connor et monsieur Bradshaw lui-même ont participé à sa rédaction.

– Elle nous flatte, dit mon père. Connor et moi avons apporté la dernière touche, mais Liz a fait le principal. Elle a le chic avec les mots, cette petite.

Le quatuor à cordes se met à jouer et mes parents se lèvent pour aller ouvrir le bal.

Une fois qu'ils sont partis, Christine se penche vers Liz par-dessus la table.

– Avez-vous déposé votre candidature pour un poste dans ma campagne ?

– Quoi ?

– Ne prenez pas cet air étonné. Il y a longtemps que je connais Travis et il sait repérer les talents. Vous devriez le faire. Ce serait une expérience formidable pour vous.

Sabrina lève les yeux au ciel.

– Maman, Liz vit dans une petite ville. Je suis sûre que la dernière chose dont elle rêve, c'est de se retrouver coincée dans une campagne électorale avec toi. Je n'ai pas raison, Liz ?

J'attends sa réponse, l'estomac noué. Je voudrais qu'elle donne tort à Sabrina, parce que sa présomption est insultante. D'un autre côté, je n'ai pas envie que Liz s'en aille. Même si au début j'ai fait ça pour la galerie, pour tranquilliser mon père et améliorer mon image tout en maintenant la jalousie de Della à distance, maintenant c'est plus que ça. C'est plus qu'un simple geste pour la campagne et ce n'est plus simplement une histoire de cul. Du moins pour moi.

– La maison, ce n'est pas l'endroit d'où on ne part jamais. C'est l'endroit où l'on revient. New Hope sera toujours là une fois que nous aurons réussi à faire entrer le gouverneur Guy à la Maison-Blanche.

J'ai beau détester l'idée de la voir partir, je suis fier de sa réponse.

– Christine, ne la pousse pas dans ses retranchements tout de suite. Elle va y réfléchir et elle reviendra vers toi. Tu viens danser, Liz ?

Elle plante les dents dans sa lèvre inférieure et fait oui de la tête. Je lui prends la main et je la conduis sur la piste de danse où je la prends dans mes bras. *Sa place naturelle.* Elle se blottit contre moi.

– Tu es merveilleuse, tu le sais ?

Elle secoue la tête en évitant mon regard.

– Mais non. C'est ta *famille* qui est merveilleuse. Regarde ce qu'ils font pour moi.

– Je te l'ai déjà dit, mon père ne supporte que ce qu'il y a de mieux. Il ne te fait aucune faveur, Liz. Tu as vraiment du talent. Maintenant, veux-tu faire quelque chose pour moi ?

– Quoi ?

– Respire profondément. Tu retiens ton souffle depuis le début de la soirée et cela m'ennuierait de te perdre par manque d'oxygène juste maintenant.

Elle se met à rire et son corps se détend petit à petit.

– Personne ne m'a jamais prise au sérieux. Pour être honnête, c'est de ma faute. Je ne suis pas aussi intelligente que mes sœurs, je suis nulle quand il faut passer des examens, alors je me suis toujours dit que mon intellect n'était pas à la hauteur. Les gens m'aimaient pour d'autres raisons, jusqu'à ce que ton père me prenne dans sa campagne et m'encourage à écrire ses discours, et à *réécrire* ses discours. J'aurais cru que cela me viderait d'être poussée comme ça, mais c'est tout le contraire. Cela me donne de l'énergie. Je ne m'étais pas rendu compte à quel point je m'épuisais à renier mes propres capacités intellectuelles.

Je lui passe la main dans les cheveux en enroulant ses petites boucles autour de mes doigts.

– Pourquoi dis-tu que tu n'es pas intelligente ?

– Parce que c'est vrai. Je n'étais pas bonne à l'école. Tout le monde s'en fiche que tu saches écrire si tu rates tous les tests.

Elle s'arrête et hausse les épaules comme si cela expliquait tout. Mais j'attends, je sais qu'il y a autre chose et qu'elle finira par me le dire.

– Ma mère a fait jouer ses relations pour me faire entrer à Sinclair. Elle n'a jamais voulu l'admettre, mais je sais que c'est vrai. Et elle a probablement bien fait parce que si je n'avais pas pu aller à la fac avec Hanna, je n'y serais probablement pas allée du tout. Tout le monde pensait que j'étais idiote. J'imagine qu'on pense ça de toutes les blondes, mais en ce qui me concerne, ça va plus loin.

– Moi, je n'ai jamais pensé que tu étais idiote.

Elle soupire.

– J'ai dû tricher aux épreuves écrites de mon permis de conduire pour avoir le code. Sérieusement, la seule chose que je sais faire, c'est écrire.

Je recule un peu pour la regarder dans les yeux.

– Je n'ai jamais pensé que tu étais idiote, je répète. Des tas de gens ratent les tests, et franchement, c'est un moyen tout à fait arbitraire de mesurer l'intelligence. Moi je t'ai toujours trouvée intelligente et bourrée de talent.

Un éclair passe dans ses grands yeux bleus et elle s'écarte de moi.

– Merci. C'est très gentil de ta part.

Elle montre la table du doigt.

– Excuse-moi. Je vais me servir à boire.

Et sans plus d'explications, elle s'échappe de mes bras et soudain Sabrina prend sa place.

– Salut, beau gosse.

J'ai envie de courir après Liz, mais mon père se tient derrière Sabrina et me fait un signe d'encouragement. C'est ridicule.

– Salut, Sabrina.

– Elle a l'air *sympa*, ta cavalière.

À la façon dont elle le dit, cela sonne comme une insulte.

– Je suis désolé de voir que tu n'as trouvé personne pour t'accompagner. Mon frère aurait été heureux de te servir de cavalier.

Elle hausse un sourcil.

– Ian ? Tu plaisantes je pense ? Tu crois que je suis attirée par les ados ?

Je pousse un soupir. C'était censé être une pique devant sa détermination à épouser quelqu'un de ma famille, mais je n'insiste pas parce qu'on m'a éduqué dans l'idée d'être poli avec les membres de la famille Guy en toutes circonstances.

– J'ai une chambre à l'étage, murmure-t-elle. Et des… accessoires pour faire la fête. Ça te dirait de larguer ta copine et de venir t'amuser un peu ?

– Non merci.

Je ne sais pas trop si par « accessoires pour faire la fête » elle sous-entend des sex-toys ou de la drogue, ou les deux, et je m'en fiche. J'avais dix-sept ans quand la mère de Sabrina m'a initié à l'art du bondage et de la baise. Je ne crois pas que je pourrais supporter de mettre *sa fille* dans mon lit après ça, même si Sabrina est d'un âge plus approprié au mien.

Merde. Maintenant Della est en train de parler avec Liz et à en juger à l'expression du visage de Liz, ça ne se passe pas bien.

Quand elle se tourne vers moi, elle serre ses bras autour d'elle. Comme si elle avait besoin de se protéger contre moi. Mais c'est moi qui veux la protéger. J'ai toujours voulu la protéger.

# 18

# LIZ

– Tu as l'air de t'amuser, toi, dit Della quand je retourne m'asseoir à notre table.

Elle est assise avec Avery dans les bras, mais tous les autres semblent être partis pour s'asseoir à d'autres tables ou pour danser.

– Oui, en effet, je m'amuse, merci.

Je ne relève pas le ton ironique de sa remarque.

– Je préfère te prévenir : je vais lui demander d'arrêter cette comédie. Je pensais que j'aimerais mieux le voir avec toi plutôt que m'inquiéter à propos de Connor, mais tu n'es pas assez bien pour lui.

– De quoi est-ce que tu parles ?

Elle sourit avec une certaine jubilation.

– Mon père se présente pour le poste de gouverneur et il a besoin que son public pense que son cavaleur de fils n'est pas un salaud, et mon mari c'est l'homme que tu as séduit dans un de ses moments de faiblesse.

– Je n'ai pas…

– Sam ne sort avec toi que parce que je lui ai demandé de le faire et parce que mon père a souhaité qu'il améliore son image en sortant régulièrement avec une personne respectable.

– Bien sûr. Je vais croire ça.

Elle hausse les épaules.

– Tu n'as qu'à lui demander. J'étais contrariée quand mon père t'a embauchée, alors j'ai demandé à Sam de te tenir loin de Connor. Et puis il y a eu cette histoire avec Asia qui se repointait pour monnayer son silence. Mais maintenant que Sabrina est là, je crois qu'il n'a plus besoin de toi. De toute façon, elle va mieux avec lui.

Asia ? Que sait-elle au sujet d'Asia ? Plus que moi, apparemment, mais ce n'est pas difficile.

Della penche la tête et scrute mon visage.

– Sérieux ? Cela ne t'a pas semblé bizarre que dès que tu as commencé à travailler pour mon père, mon frère s'intéresse vraiment à toi ? Cela ne t'a pas semblé bizarre que, alors que son ex-pute était revenue en ville, il te demande tout à coup de t'afficher avec lui chaque fois qu'il y a une caméra dans les parages. Fais-nous plaisir, va travailler pour le gouverneur Guy. Elle, elle te veut. Pas nous.

Je m'écarte d'elle – cette femme horrible qui était mon amie à une époque. Je cherche la sortie pour fuir les choses affreuses qu'elle vient de dire.

– Liz ?

Sam danse avec Sabrina Guy, et il sourit en me voyant. Est-ce qu'il fait semblant, là aussi ?

– Tout va bien ?

– Ça va.

C'est tout ce que je suis capable de répondre. Je me retiens de partir en courant et je sors très lentement jusqu'à ce qu'on ne puisse plus me voir. Cachée dans un coin, je me mords les lèvres pour ne pas pleurer. J'ai envie de vomir. Je voudrais que mon corps expulse ce que Della vient de me faire avaler. J'ai l'impression que ses paroles sont comme un poison au fond de mon estomac qui en ronge la paroi pour remonter dans ma poitrine douloureuse.

Je ne sais pas si mon cœur va survivre à ça.

J'étouffe un cri en voyant Sam. Je n'aurais pas dû venir de ce côté. Il n'y a pas de toilettes dans lesquelles je pourrais me réfugier. Mais le temps que je m'en rende compte, mes larmes ont commencé à couler et je ne pouvais plus retourner d'où j'étais venue.

– Hé ? Qu'est-ce que tu as ?

Il s'approche de moi et prend mon visage dans sa main en caressant ma joue avec son pouce. J'adore quand il fait ça.

Je renifle en ravalant mes larmes. *Ces fichues larmes.*

– C'est Della ? Qu'est-ce qu'elle t'a dit ? Liz ?

Il murmure dans mon cou. Bon sang, j'adore sa voix. Elle a un son grave et profond qui m'atteint directement au plexus solaire avant de s'insinuer dans mes membres pour finalement faire passer son message à mon cerveau.

– Dis-moi ce qui se passe.

Il s'écarte pour pouvoir me regarder droit dans les yeux.

– Tout va bien. On ne s'est rien promis, d'accord ?

– Avec toi, rien n'est jamais ce qu'on croit, Liz.

Ses yeux sont dorés et pailletés de brun. Des yeux de tigre qui sont toujours sur la défensive. Je voudrais pouvoir les déchiffrer, mais Sam a toujours été un mystère pour moi et je dois me fier à ce qu'il dit. Nous nous ressemblons. Beaucoup trop. Nous nous cachons derrière des fanfaronnades et des suggestions provocantes.

– Tu veux des promesses ? Dis-moi.

J'entrouvre la bouche pour lui dire exactement ce que je veux, mais des images de foyer avec des bébés et de câlins au lit le samedi matin affluent à mon esprit avec tant de force que je fais un pas en arrière. Je veux quelque chose de réel que je ne peux pas attendre d'un homme qui se sert de moi pour faire avancer le destin politique de sa famille. Je suis en rage contre moi-même d'avoir laissé les choses aller si loin, de m'être raconté que je ne voulais rien de plus que du sexe avec Sam, alors que je voulais tellement plus.

Je fais encore un pas en arrière.

– Tu veux vraiment savoir ce que je veux ?

Ses lèvres ébauchent un sourire, confiant mais prudent.

– Je suis à ton service.

– Je veux que tu me parles d'Asia.

Il se raidit.

– Quoi ?

Je relève la tête et j'avance d'un pas.

– Asia, je répète. Je veux que tu me parles d'elle.

Si je pensais qu'il était sur la défensive tout à l'heure, je me trompais. Carrément. Maintenant, tous ses boucliers sont dressés et il est totalement impénétrable. Il n'est même plus tendu, il est seulement… fermé.

– Je n'ai rien à dire sur elle. Demande-moi autre chose. N'importe quoi.

– N'importe quoi, du moment que c'est juste à propos de cul, c'est ça ?

Je sais, je suis injuste, mais cela ne change rien au mal que m'ont fait les paroles de Della.

– C'est de ça dont il s'agit, non ? Alors allons-y, on va baiser. Il y a un réduit juste là. Allez Sam. Tu te sers de moi pour ton image et moi je me sers de toi pour le cul. Della m'a tout dit.

Si j'avais espéré que Della mentait, cet espoir s'évanouit quand je le vois flancher.

– Della ne sait pas ce que j'éprouve pour toi. Quelle importance de savoir pourquoi on a commencé ça ? Est-ce que ça change quelque chose ?

– Oui.

– La seule chose que cela change pour moi, c'est que cela m'a fourni un prétexte pour te pardonner pour l'été dernier. J'avais finalement un prétexte pour surmonter mon orgueil imbécile.

– Je vous ai vus. Je t'ai vu l'embrasser.

– Quoi ? Qui ?

– Il y a deux ans. Je t'ai vu embrasser Asia, mais tu ne m'avais rien promis, alors je n'avais aucun droit de t'en vouloir.

Son visage se radoucit, comme s'il baissait un peu la garde.

– Tu m'as vu l'embrasser.

Il fait un pas vers moi et passe le pouce le long de ma joue.

– C'est pour ça que tu m'as repoussé.

– Il faut que je protège mon cœur.

Je ferme les yeux quand je me rends compte de ce que je viens de dire. Je me révèle trop.

– Est-ce qu'on peut ne pas faire ça ?

– Ne pas faire quoi ?

– Ce truc où tu fais comme si tu ne me détestais pas pour ce qui s'est passé l'été dernier, et moi je fais semblant d'être d'accord pour que tout cela ne soit qu'une histoire de cul ou pour ton image, ou pour je ne sais quoi qui marche pour toi.

– Je t'ai dit que je ne pouvais pas te détester. Indépendamment de ce que j'éprouve à propos de l'été dernier, je ne te déteste pas, je ne te méprise pas, ou n'importe quel verbe en dehors de je te *veux*, je *suis accro* et je te *kiffe*.

Il me fait un petit sourire hésitant.

– Ce n'est pas que pour le cul, Canaille. Ça ne l'a jamais été. Pas pour moi. Tu me plais. J'aime bien être avec toi, j'aime te faire sourire et oui…

Il se rapproche encore un peu, si bien que mon corps est appuyé contre le sien et je sens sa chaleur. Il baisse la voix.

– C'est vrai, j'aime baiser avec toi. Mais il n'y a pas que ça.

Je serre les paupières. Depuis combien de temps est-ce que je rêve de l'entendre me dire ça ? Et c'est maintenant qu'il le dit, après ce que je viens d'apprendre au sujet de River, de Connor ?

– Je t'ai vue aller à tous ces rencards. Je t'ai observée quand tu dînais et que tu discutais avec ces hommes tellement indignes de toi, dans l'espoir que peut-être

quelque chose allait se passer avec l'un d'eux. J'avais envie de leur mettre mon poing dans la figure quand ils te touchaient. Tu pariais sur eux, pourquoi pas sur moi ? Je ne sais pas ce qui va se passer maintenant. Tout ce que je te demande, c'est de tenter le coup. De me donner une chance.

– Tu m'as dit que tu ne voulais pas d'attaches, et je…

Je regarde mes mains et je respire à fond. Mon orgueil a du mal à me laisser dire ce que j'ai à dire.

– Tu ne veux pas d'attaches, et moi, c'est justement ce que je veux.

– Les attaches, c'est très surfait.

Il relève mon menton jusqu'à ce que nos regards se croisent.

– Je n'ai jamais été très bon avec les attaches, mais je suis super-bon avec des cordes.

# 19

# SAM

Liz est rentrée avec moi. Malgré tous les efforts de Della pour saboter notre nuit, elle est rentrée avec moi, et demain matin, je vais me réveiller avec elle à mes côtés. On peut dire que j'ai une foutue chance, non ?

Pour tout dire, je suis content que Della ait décidé de sortir ses griffes ce soir. Depuis le soir où j'étais allé chez Liz pour lui parler d'Asia et du bébé, j'ai toujours cru qu'elle m'avait rejeté parce qu'elle ne voulait pas de moi. Mais ce n'était pas du tout ça.

*« Je dois protéger mon cœur. »*

Il y a deux ans, j'aurais été d'accord pour dire que son cœur n'avait rien à craindre de moi, mais maintenant je ne veux pas qu'elle se protège. Je veux qu'elle fasse tomber ses défenses et qu'elle tente le coup. Je veux qu'elle me tienne la main et qu'elle tombe avec moi.

– Ta famille a l'air tellement parfaite.

Elle hausse les épaules dans mes bras. Je la prends par les épaules et je l'oblige à se tourner vers moi. Il y a quelque chose d'étrange dans son regard – comme si elle ne disait pas tout ce qu'elle sait.

– Nous ne sommes pas parfaits, Canaille. Il n'y a pas de famille parfaite.

– Ah bon ? Eh bien, c'est sans doute parce que tu en fais partie.

Je lui touche les côtes, juste là où elle est chatouilleuse, et elle se replie sur elle-même en poussant un petit cri.

– Ça veut dire quoi, ça ?

– C'est évident que tu es le mouton noir, dit-elle en gloussant.

Je recommence à la chatouiller et elle essaie de s'échapper, mais je la tiens bien, je lui immobilise les bras et je roule sur elle en mettant mes genoux de chaque côté de ses hanches. Bon Dieu, ce qu'elle est belle ! Quelque chose bascule dans ma poitrine, comme si mon cœur chavirait simplement en la regardant.

– Il est visible que ton père est fier de toi, Sam, dit-elle, le visage grave à présent. Tu lui ressembles tellement.

Je ferme les yeux et je m'écarte d'elle.

– Je ne veux pas ressembler à mon père.

C'était vraiment ma voix ? Ce petit son faiblard et croassant ? C'est sorti de ma bouche, mais bon Dieu, je ne la reconnais pas.

– Hé.

Elle se serre contre moi, en s'appuyant sur un coude, l'autre main sur mon torse nu, les doigts écartés comme pour essayer de trouver mon cœur.

– Ce n'était pas méchant. Ton père est un homme formidable. Je ne travaillerais pas pour lui si je ne le pensais pas.

*Un homme formidable.* Combien de fois ai-je entendu ça à propos de mon père ? Combien de fois ai-je serré la main d'un électeur potentiel en disant cela moi-même ? J'ai fini par y croire moi aussi. Cela faisait des années depuis l'histoire avec Jacqueline, et mes parents faisaient tout – l'un comme l'autre – pour colmater la moindre brèche que l'infidélité de mon père avait creusée dans leur couple.

Liz scrute mon visage, la lèvre inférieure tirée entre ses dents, et elle caresse mon torse de son pouce, juste entre mes pectoraux, juste sur mon cœur.

– Toi aussi, tu es formidable, murmure-t-elle.

Je me soulève et en prenant son visage entre mes mains je l'embrasse passionnément, elle soupire et fond dans mes bras. Quand j'interromps le baiser, je l'allonge sur moi, en installant sa tête sur ma poitrine et ses jambes entre les miennes.

– On a une relation compliquée, mon père et moi.

Je ne sais pas si j'en ai déjà dit autant à quiconque. Della le sait, bien sûr, mais sans que j'aie jamais eu besoin de le lui *dire*. Elle le sait parce qu'elle était présente. Elle l'a vécu.

– C'est ce que j'ai remarqué. Tu veux en parler ?

Son souffle est chaud sur mon torse.

– Personne n'a jamais su lire en moi comme toi. Tu le savais ?

Je glisse une main dans ses cheveux et je joue avec ses mèches soyeuses tout en m'obligeant à respirer.

– Il a trompé ma mère quand j'étais à l'école primaire – il a eu une liaison avec une des caissières de la banque.

Elle essaie de se soulever, mais je l'immobilise en la serrant contre moi.

– Jacqueline.

Quand je dis son nom tout haut, j'ai l'impression de trahir ma famille. Nous nous sommes mis d'accord pour ne jamais parler à personne de ce qui s'était passé, et même gamin, j'ai compris à quel point cette promesse était importante.

– Je suis désolée. Je ne savais pas.

– C'était… affreux. Le genre *Attraction fatale.* Mon père a essayé de rompre, mais elle ne voulait rien savoir. Elle venait d'arriver en ville, mais nous l'avions rencontrée à la banque et à une ou deux réceptions, et un jour elle est venue nous chercher à l'école, Della et moi pendant la classe, elle a dit que notre père avait besoin de nous. Personne n'a mis sa parole en doute, je suis sûr que cela ne serait plus possible aujourd'hui.

Elle se tend dans mes bras.

– Où vous a-t-elle emmenés ?

– Chez elle. Elle faisait comme si tout était normal.

Je ferme les yeux, je me rappelle l'odeur du cake à la banane qui cuisait dans le four, le son des chansons de Noël en arrière-plan. Elle m'avait acheté le dernier Transformer et une poupée Barbie pour Della. En apparence, tout était super, mais je voyais bien qu'il y avait quelque chose de bizarre dans sa façon de nous regarder, de se déplacer dans l'appartement, une agitation particulière.

– Ryann et Ian n'allaient pas encore à l'école, sinon je pense qu'elle les aurait enlevés, eux aussi. Ils étaient avec notre mère au jardin d'enfants où elle travaillait comme bénévole.

– Qu'est-ce qu'elle a fait ?

Elle me tient dans ses bras maintenant, une main sur ma nuque, l'autre qui m'entoure le biceps. Son contact et son parfum me ramènent au présent, loin des souvenirs du Transformer et de l'odeur écœurante du cake à la banane.

– Elle a appelé mon père et lui a dit de ne pas rentrer tard pour dîner parce que nous avions quelque chose à fêter. Je me souviens de m'être dit que mon père ne rentrait que très rarement à temps pour dîner. Il n'allait certainement pas le faire maintenant pour dîner avec *cette* femme.

Je secoue la tête.

– Je ne voyais pas que c'était justement à cause d'elle qu'il rentrait tard tous les soirs. Malgré tout ce qui a été dit, ce n'est que beaucoup plus tard que j'ai compris. J'étais naïf.

– Tu n'étais qu'un enfant.

– Quand la voiture de mon père est entrée dans l'allée, elle nous a fait descendre dans le sous-sol avec les jouets qu'elle nous avait achetés et elle a fermé la porte. Della et moi les avons entendus se disputer. On ne comprenait rien, mais on savait que ce n'était pas bon. Della s'est mise à pleurer et je l'ai tenue dans mes bras jusqu'à ce que mon père descende nous chercher pour nous ramener à la maison. Della avait beau être plus jeune que moi, elle semblait comprendre. Elle refusait de parler à mon père. Comme si elle le détestait, et je ne comprenais pas pourquoi, ce n'est que plus tard que j'ai compris.

– Cela a dû être terrifiant pour vous deux. Qu'est-il arrivé à Jacqueline ? Est-ce qu'elle vous a laissés tranquilles après ça ?

– Elle s'est suicidée, une overdose de somnifères, et on nous a dit à Della et moi de ne plus jamais reparler de cette journée passée chez elle. Que cela ferait du tort à la famille et aux affaires. Alors, c'est ce qu'on a fait.

Je prends une longue inspiration, étonné de sentir ma poitrine si serrée après avoir raconté cette vieille histoire.

– Della n'était plus la même après ça. Elle était renfermée et silencieuse. Elle parlait mal à tout le monde et ses résultats scolaires ont chuté. Elle a fini par pardonner à mon père, mais cela a pris du temps. Il n'avait pas seulement trompé notre mère. Il nous avait tous trompés.

– Je suis sincèrement désolée.

En tournant son visage sur mon torse, elle appuie ses lèvres à l'endroit de mon cœur.

– Je t'avoue que c'est pour cela que je ne tenais pas à ce qu'elle épouse Connor. Elle a déjà assez de mal à accorder sa confiance et quand il l'a trompée avec toi…

Elle se raidit dans mes bras et se relève lentement. Elle s'assied au bord du lit en me tournant le dos.

Mon cœur – cet endroit sensible et attendri qui se trouvait au centre de ma poitrine il y a une minute – se serre et devient tout froid.

– Ça va toujours revenir sur le tapis, hein ?

Elle ne me regarde pas.

– J'ai commis une erreur, ok, mais *je ne suis pas* comme la maîtresse de ton père.

Elle va dans la salle de bains et ferme la porte derrière elle.

Je presse les paumes de mes mains sur mes paupières, puis je sors du lit pour aller la rejoindre. Elle est debout devant le lavabo en train de s'asperger le visage.

– Tu n'as rien à voir avec Jacqueline. Excuse-moi si je t'ai donné l'impression que je vous comparais.

Elle ferme le robinet et baisse la tête. Debout derrière elle, je la prends par les épaules.

– Je voulais simplement dire que ma famille n'est pas parfaite. Nous sommes aussi tarés que n'importe qui. La seule différence, c'est que nous faisons semblant d'être irréprochables.

Je pose un baiser dans son cou, puis sur son épaule.

– Tu veux prendre un bain avec moi ?

Sans attendre sa réponse, je tourne le robinet d'eau chaude pour remplir la baignoire. Quand je lui tends la main, elle me suit dans la baignoire, mais son corps est toujours tendu et son visage sur la défensive.

– Viens là, Canaille.

Je lui ouvre les bras et, à ma grande surprise, elle vient s'asseoir à califourchon sur moi en me passant les bras autour du cou.

– Si j'en avais le pouvoir, j'effacerais cette nuit-là. Elle est entre nous et je déteste ça – elle nous séparera toujours.

– Hé !

Je prends son menton dans ma main.

– Regarde-moi. Tu sens ça ?

Je passe mon autre bras autour d'elle et je la serre contre moi.

– Nous ne sommes pas séparés. Nous sommes ensemble. Exactement à notre place.

Elle m'embrasse et tant de choses qu'elle ne dit pas passent dans ce baiser. Je le sens. Il y a quelque chose qui est plus que de la frustration, plus que du regret, même. Son baiser est long, exigeant et terrorisé – tellement semblable à ce que j'éprouve pour elle.

Quand son baiser se fait plus pressant et qu'elle se frotte sur ma queue, je pose les mains sur ses hanches pour l'arrêter.

– Arrête, Canaille. Si tu continues comme ça, je vais me retrouver en toi sans capote.

Elle relève la tête et me regarde droit dans les yeux.

– Est-ce que ce serait si grave ?

Alors, elle soulève ses hanches jusqu'à ce que la pointe de ma queue se trouve nichée à l'entrée de son sexe.

– Je mets toujours un préservatif.

Ma respiration est haletante, mais ma protestation est affaiblie quand je me soulève légèrement en laissant la pointe de ma queue se glisser en elle.

– Est-ce que tu…

Bon Dieu. Je ne peux pas résister. Je ne peux plus respirer ni penser. La seule chose qui intéresse mon corps, c'est de la pénétrer.

– Prends la pilule ? Oui, depuis que je suis ado.

– Je suis clean. J'ai fait le test.

– Moi aussi.

Elle ferme les yeux et entrouvre les lèvres en se laissant glisser sur mon pieu.

– Putain.

Je la tiens par les hanches en la maintenant immobile un moment, le temps pour elle de s'adapter à mon membre et de m'adapter, moi, aux sensations qui risquent de me faire jouir trop tôt.

– Tu es incroyablement bonne.

Elle enfouit son visage dans le creux de mon cou et je relâche mon étreinte lorsqu'elle se met à balancer les hanches lentement. Je la laisse me chevaucher comme ça un long moment en la caressant partout, en l'embrassant sur toutes les parcelles que ma bouche peut atteindre.

L'eau bouillonne autour de nous et la neige tombe à l'extérieur. La seule chose qui compte, c'est que Liz soit dans mes bras.

***

# LIZ

Je me retourne contre lui pour pouvoir regarder son visage, mais je suis étonnée de voir qu'il ne dort pas. Il m'observe et il sourit quand je le regarde – un sourire doux et étonnamment tendre pour un homme qui vient juste d'abuser de mon corps.

– À quel âge as-tu perdu ta virginité ?

Nous sommes couchés dans notre chambre, à l'étage du bâtiment où avait lieu le gala, toujours nus, avec les jambes emmêlées dans les draps et les oreillers dispersés partout autour de nous. Je n'ai pas envie de retourner dans la vraie vie.

Il grogne.

– Tu ne vas pas faire ce truc de nana, si ?

Je m'appuie sur mon coude.

– Quel *truc de nana* ?

– Ce truc où tu poses une question au mec et il te donne une réponse sincère et toi, tu te fous en rogne à cause de la réponse ?

En rigolant, je m'assieds à califourchon sur lui pour pouvoir observer son visage. Je frotte les mains sur son torse en parlant, parce que je ne peux pas arrêter de toucher ce mec.

– Je sais bien qu'il y a eu des femmes avant moi. Je suis juste curieuse de savoir qui a eu la chance d'être la première.

Il me regarde avec méfiance.

– J'avais dix-sept ans.

– Et elle.

– C'était une femme plus âgée, une amie de la famille.

Je fronce le nez.

– Beurk. Comme un équivalent féminin du vieux tonton dégoûtant ?

Il passe les mains sur mes côtes avant de les immobiliser sur mes hanches.

– Ce n'était pas dégoûtant.

– Parce qu'il y a une façon pas dégoûtante de séduire le fils adolescent de ses amis ?

Il rigole et prend mes mains dans les siennes en entrelaçant ses doigts avec les miens.

– C'était consensuel, tu peux me croire. Je passais tous mes étés dans sa piscine et elle m'a surpris en train de la regarder.

Il hausse les épaules.

– Il s'est avéré qu'elle aimait que je la regarde autant que j'aimais la regarder. Et puis il s'est avéré qu'elle aimait qu'on l'attache et que cela ne me déplaisait pas non plus.

Il me caresse la joue du dos de la main.

– J'ai un faible pour les femmes qui prennent leur pied quand on les attache.

La chaleur monte en moi. Personne n'est au courant de ça à mon sujet, à part lui… et River, j'imagine. Mais je fronce le nez pour cacher ma réaction.

– Je continue à penser que c'est dégoûtant.

– D'accord, Mère la Morale, on sait tous les deux que je ne veux pas entendre parler de ton premier, alors dis-moi quelque chose d'autre.

– Comme quoi ?

Il porte nos mains jointes à sa bouche et embrasse chacun de mes doigts.

– Ton premier baiser ?

Je pousse un soupir exagérément rêveur.

– Max Hallowell, derrière la maison de sa grand-mère. Il a voulu passer la main sous mon t-shirt, mais je l'en ai empêché parce que je culpabilisais vachement. Hanna en pinçait pour lui alors, moi, je n'étais pas censée l'aimer.

Il gronde puis nous fait rouler afin de se retrouver sur moi, et il immobilise mes deux mains au-dessus de ma tête.

– Je n'aime pas l'idée de Max en train de t'embrasser. Et je n'aime surtout pas l'idée que c'est uniquement parce que ta sœur était amoureuse de lui que tu ne l'as pas laissé aller plus loin.

Je plie les genoux en poussant un grognement de plaisir quand toute la longueur de son membre en érection trouve sa place entre mes jambes. Cet homme est surhumain. C'est tout à fait remarquable.

– C'est toi qui as demandé.

– Je choisirai mieux mes questions la prochaine fois.

Il dépose des baisers tout le long de mon cou en continuant à tenir mes mains prisonnières.

– Parle-moi de la première fois où tu t'es caressée.

– Quoi ?

La façon dont il m'embrasse m'empêche de me concentrer. Je bouge mes hanches pour essayer de faire glisser son sexe en moi. Seigneur, je suis déjà prête à recommencer. Je devrais être endolorie. Fatiguée. En avoir assez. Mais pas du tout. Je ne pense pas pouvoir jamais me lasser de lui. Il me met dans un état d'excitation permanent

J'essaie de libérer mes mains de son étreinte, mais il la resserre au contraire en grondant.

– Allez, raconte.

Il glisse sur mon corps et effleure la pointe de mon sein de ses lèvres.

– Raconter quoi ?

– Raconte-moi la première fois où tu t'es caressée. La première fois où tu as mis la main entre tes jambes. *Ça,* c'est une première fois dont j'ai envie d'entendre parler.

Il ouvre la bouche sur mon sein et lèche mon téton avant de le sucer en aspirant si fort que je pousse un petit cri.

– Je ne… m'en souviens pas.

Il se met à rigoler.

– Alors là, je ne te crois pas. Je suis sûr que toutes les filles se souviennent de la première fois où elles ont entrepris de… s'explorer. C'est quand tu étais au lycée ?

Le froid saisit mon sein quand il éloigne sa bouche, le laissant humide et exposé.

– S'il te plaît.

Je me cambre vers lui en tirant sur mes bras.

– Rien que…

Il serre plus fort, refusant de me relâcher ou de me donner ce que je lui demande.

– Je vais te proposer un marché, Canaille. Tu me dis ce que je veux savoir et je te donne ce que tu veux.

Il me sourit comme si c'était une sorte de jeu, comme si je n'allais pas me liquéfier de désir s'il ne repose pas immédiatement sa bouche sur moi.

– J'étais à la fac.

Il grogne.

– Une exploratrice tardive. J'imagine qu'on peut imputer cela à une éducation catholique.

Sans lâcher mes mains, il les pose de chaque côté de mon corps tout en poursuivant son chemin de baisers tout le long de mon ventre.

*Oui, oui, continue.*

Il s'arrête au niveau de mon nombril et relève la tête.

– Où étais-tu quand tu l'as fait ?

Mes joues s'embrasent sous un mélange de gêne et d'excitation, mais je comprends le jeu maintenant et j'ai envie de jouer. J'ai besoin de sa bouche sur moi… encore, plus bas.

– J'étais dans mon lit, je faisais la sieste.

Pour me récompenser, il fait le tour de mon nombril avec sa langue puis le lèche. Tout mon corps réagit en frissonnant.

– Tu ne pouvais pas faire la sieste si tu te touchais.

– Je dormais à moitié. J'avais fait un rêve sexy et j'avais envie de…

Il attend patiemment et, comme je ne poursuis pas, il s'écarte de moi.

– Reviens ici.

– Montre-moi.

Il saisit une de mes mains et l'installe entre mes jambes, et ne la lâche pas avant.

– Montre-moi ce que tu voulais. Ce que tu as fait.

Sa voix est rauque, je reconnais ce grondement grave et éraillé qu'il a quand il me baise, juste avant de jouir. Seulement là, il ne me baise pas. Il est appuyé sur un coude à côté de moi, les yeux fixés avec avidité sur ma main posée entre mes jambes.

Je me passe la langue sur les lèvres. Je ne sais pas pourquoi, mais j'ai envie de faire ça pour lui. Je ne sais même pas pourquoi il veut que je le fasse. Tout ce que je sais, c'est que la sensation de mes propres doigts sur ma chair moite n'a jamais été aussi excitante. Tout ce que je sais, c'est que j'ai autant envie de ça que lui.

Je roule sur le côté pour lui faire face en laissant ma main entre mes jambes

– J'étais sur le ventre, je murmure. Tu veux que je me mette sur le ventre ou que je reste comme ça ?

– Reste comme ça.

L'ordre est brusque, prononcé d'une voix rauque, sortant péniblement d'une gorge serrée par le désir. J'ai envie de l'embrasser, de lui dire que ça ne me semblerait pas aussi excitant s'il n'était pas là. S'il ne me regardait pas, s'il ne me parlait pas.

– Tu faisais un rêve agréable… commence-t-il.

Je me passe la langue sur les lèvres et je commence à bouger ma main entre mes jambes.

– C'était plus facile comme ça. Je veux dire, du fait que je dormais à moitié. Non que j'aie eu quelque chose contre la masturbation, pas…

Ma respiration se fait plus haletante quand mes doigts trouvent mon clitoris. Ses yeux s'assombrissent.

– Pas intellectuellement.

– Vas-y, mon cœur. Ne te retiens pas. Ne t'occupe pas de moi.

Je le regarde un moment, fascinée par la façon dont ses yeux fixent mes doigts qui s'activent entre mes jambes, par sa poitrine qui monte et qui descend, par le bruit qu'il fait en déglutissant alors qu'il se retient. Il serre mon autre poignet entre ses doigts, le maintenant prisonnier, augmentant la pression de temps en temps.

À part cela, il ne me touche pas du tout. Je ne monte vers les sommets que par la seule action de ma main. Je caresse mon clitoris, je le pince légèrement avant de radoucir mon toucher et de balancer les hanches pour me frotter sur ma main.

Je ferme les yeux et j'oublie le reste, guidée seulement par mon plaisir et le son de la respiration de Sam.

Quand je reviens à la réalité, je me remets sur le dos, les muscles détendus, le corps satisfait. Il embrasse ma clavicule.

– Merci, murmure-t-il.

– Merci ?

– Ouais, c'était une des plus belles choses que j'aie jamais vues. De ma vie.

Son sourire est trop charmant, et il envoie des bouffées de chaleur dans tout mon corps assouvi.

– Tu sais, il y a des types qui n'aiment pas l'idée que leur femme puisse se caresser elle-même.

Il hausse un sourcil.

– Je n'appartiens résolument *pas* à cette catégorie.

Je porte la main à ses lèvres.

– C'est ce que j'ai remarqué.

Il m'attrape le poignet, prend deux de mes doigts dans sa bouche et les enveloppe de sa langue puis les suce vigoureusement.

À ce contact, mon corps sort de sa douce torpeur et commence à se réveiller.

– Disons seulement que, même si tu as attendu d'être à la fac, je suis content que tu t'y sois mise.

Il me fait un clin d'œil.

– Qu'est-ce qui avait changé, d'après toi ?

– J'étais frustrée. J'y arrivais presque avec les mecs, mais ce n'était jamais complètement ça. J'imagine que j'ai fini par me dire que si on veut qu'un boulot soit bien fait, rien de tel que de le faire soi-même.

Je le regarde en coin et je vois qu'il déglutit, sa pomme d'Adam monte et descend.

– Connor n'a pas…

– Pour la plupart des filles, ça ne marche pas la première fois, idiot.

– Moi, j'aurais tout fait pour que ça marche pour toi.

– C'est facile à dire, tu n'étais pas là.

– J'aurais *tout* fait, je te dis.

– Très bien, Monsieur Sûr-de-Soi, alors qu'aurais-tu fait ?

Il pose la tête sur l'oreiller et me regarde fixement un moment. Ça me plaît – Sam et moi, nus dans un lit, tournés l'un contre l'autre. Je pourrais facilement en prendre l'habitude.

– J'aurais tout fait pour être sûr que tu prennes ton pied avant même de te pénétrer. J'aurais joué avec toi jusqu'à ce que tu ne puisses plus faire autrement que de jouir. Et je ne t'aurais baisée qu'*après* avoir senti ta chatte se serrer autour de mes doigts. Ce n'est pas sorcier.

Je me mets à rire.

– Est-ce que ce sera au programme de ton fameux *cours sur la chatte* pour jeunes gens ?

Il fronce les sourcils et j'ai l'impression d'avoir reçu un coup de poing dans l'estomac. Ce n'est pas Sam qui m'a parlé d'un « cours sur la chatte ». C'est River. Et je viens de les confondre.

– Un cours sur la chatte ?

*Ce n'est pas sorcier.* Est-ce que River n'avait pas dit quelque chose de similaire ? Et pendant un instant, j'ai oublié que Sam n'est pas River. Pendant toutes ces semaines, j'ai cru qu'il l'était, et maintenant je mélange tout.

J'avale ma salive avec difficulté et je m'oblige à sourire.

– Je pensais à quelqu'un d'autre. Désolée. Ce n'était pas toi.

Il se couche sur moi et immobilise mes mains au-dessus de ma tête.

– Tu penses à quelqu'un d'autre alors que tu es nue dans un lit avec moi ?

– Qu'est-ce que tu vas faire pour me punir ?

Je prends mon ton le plus provocant, mais il est déjà en train de m'embrasser partout pour me montrer exactement ce qu'il a l'intention de faire.

# 20

# LIZ

– Tu es en avance.

Je suis en train de disposer du café et des pâtisseries venues de la boutique d'Hanna sur la table dans la salle de réunion. Je me retourne et je vois monsieur Bradshaw adossé au montant de la porte.

– C'est la première fois de ma vie que je suis tout excitée de venir au boulot le lundi matin. C'est une sensation étrange.

– Ils sentent super-bon, dit-il en faisant un signe de tête vers la table.

– Ils *sont* super-bons. Ma sœur est la meilleure dans ce qu'elle fait.

Mon sourire s'efface quand je vois l'expression grave sur son visage.

– Est-ce que tout va bien, Monsieur Bradshaw ?

Il enfonce ses mains dans ses poches et avance dans la pièce.

– Je n'ai pas pu faire autrement que remarquer comme tu semblais heureuse au bras de Sam samedi.

Il ramasse l'*Indianapolis Star* sur la table et l'ouvre à la page politique, où se trouve une photo de Sam et moi ensemble.

– Vous formez un beau couple. Vous êtes photogéniques.

*Alors, pourquoi avez-vous l'air si contrarié ?*

– Mais… ?

Il lève les yeux du journal et me regarde.

– Je n'ai pas envie qu'il y ait un mais, Liz.

– Oui, mais voilà.

– Connor m'a dit que c'était plus qu'une opération de communication. Il dit qu'il y a quelque chose entre vous.

Mon estomac se noue.

– Connor ?

– Il est inquiet pour toi. Et j'imagine que je le suis aussi. Sam n'a pas précisément la réputation d'avoir des histoires d'amour qui durent, mais Sabrina et lui sont appelés à finir ensemble, un jour ou l'autre.

Sabrina ? Les paroles de monsieur Bradshaw sont comme un coup de poing à l'estomac, et je les revois, Sam et Sabrina, en train de danser au gala. Y avait-il quelque chose entre eux ?

Monsieur Bradshaw me fait un sourire contrit.

– Certaines choses sont tout simplement inévitables. Je ne voudrais pas qu'en l'aidant à redorer son image, tu finisses par souffrir.

Je m'oblige à sourire.

– Ne vous en faites pas pour moi. Je sais que nous n'avons pas d'avenir, Sam et moi. Ce n'est pas comme ça entre nous. Nous sommes amis, et il nous arrive d'assister à des mariages et à des soirées politiques ensemble.

*Et il nous arrive aussi de baiser comme des bêtes pendant des nuits entières.*

Il acquiesce, satisfait.

– Tu as fait grande impression sur le gouverneur.

– Vous croyez ?

– Je crois qu'elle va essayer de te subtiliser à moi.

– Vous me pardonneriez ? Si j'avais l'occasion de travailler pour sa campagne, je veux dire. Je ne pense pas que j'y parviendrais, mais si c'était le cas…

– Continue à bien travailler pour nous, et je ferai en sorte qu'elle te trouve une place.

* * *

**de : Something Real Rappel**
**à : Elizabeth Thompson**
**Objet : Vous avez un message**

Un simple rappel que Riverrat69 vous a envoyé le message suivant auquel vous n'avez pas répondu.

`C'est moi qui ne t'achète pas de chien. Tu as dit que tu voulais un homme qui saurait quand tu as besoin d'un chien. Et je sais que tu n'as pas besoin de chien pour le moment. Tu as besoin d'un homme. Un homme qui connaîtrait exactement tes goûts au lit et qui n'a pas peur de les satisfaire.`

Un homme qui peut combler tes désirs. Tu as besoin de moi. Et je suis là. Quand tu voudras.

– Liz ? J'étais au bar et je ne t'ai pas vue arriver. Tout va bien ? Tu fais une drôle de tête, on dirait que tu as vu un fantôme.

J'attendais Nix chez Brady quand j'ai vu l'alerte mail sur mon smartphone. Comme une idiote, je l'ai ouvert sans réfléchir, et maintenant j'en paie le prix sous la forme de la culpabilité qui me ronge l'estomac.

– Ça va. J'ai juste besoin d'un verre.

– Je te recommande la tequila, dit Nix en levant son verre à shot vide. C'est le meilleur moment de toute ma journée. Sérieux, je vais aller nous en commander une tournée.

– Ce sera deux pour moi.

Elle retourne au bar. C'est alors que mes yeux tombent sur la femme qui se tient avec Sam près des tables de billard. Sabrina Guy. C'est le portrait craché de sa mère. Comme si le gouverneur s'était arrangé pour se dupliquer au lieu de procréer. De plus, le gouverneur Guy semble avoir découvert le secret de l'éternelle jeunesse, ce qui ne fait qu'ajouter à l'illusion.

Je suis planquée dans un box et Sam n'a même pas remarqué ma présence. En les voyant ensemble, ma poitrine se serre comme il y a deux ans quand je l'ai vu embrasser Asia. Du temps a passé depuis, mais je n'oublierai jamais la douleur que j'ai ressentie en voyant Sam se comporter si tendrement avec quelqu'un d'autre, juste après avoir passé la nuit à jouir de mon corps de toutes les façons possibles.

*Déjà-vu*[4]*, putain.*

Sauf que non. Parce que Sabrina a beau être accrochée à son bras ce soir, il n'a pas l'air tendre, ni heureux, ni même amusé. Il a l'air furax.

J'ai accepté de l'accompagner au gala le week-end dernier. Je me suis dit que c'était plus pour le boulot que pour le plaisir, mais il m'a prouvé le contraire – et pas qu'une seule fois. Et puis il y a eu l'avertissement de son père, ce matin, sans compter cette erreur stupide, quand j'ai évoqué une discussion que j'avais eue avec River en croyant que c'était avec Sam.

J'ai bien mérité cette tequila.

– Deux shots, dit Nix en posant les verres devant moi. Bois les cul sec et efface ce froncement de ton visage.

Je parviens à détacher mon regard de Sabrina et je bois mon premier shot. Il tombe dans mon estomac comme une boule de feu.

– C'est bien, dit Nix. Ça va te guérir de ce qui te tourmente.

– C'est toi le docteur.

Je lève mon deuxième verre en un faux salut. Elle se laisse tomber sur la banquette de son côté du box et se joint à moi pour le deuxième shot.

– Je croyais que nous arrosions ton succès du week-end avec ce discours. Mais tu n'as pas l'air très contente.

– Ça va. C'est ma recherche de l'homme idéal qui m'épuise. Je suis peut-être destinée à rester vieille fille, finalement.

– Je refuse d'accepter l'idée que ce soit une fatalité, pour toi comme pour moi.

---

**4.** En français dans le texte.

– Et toi, dis-je en regardant les verres vides devant elle. Qu'est-ce qui t'a conduite dans les bras réconfortants de la tequila ?

– Des emmerdements dans ma famille. Ça va s'arranger, mais je ne suis pas pressée de voir arriver les vacances. Si j'avais un mari ici, j'aurais au moins un bon prétexte pour ne pas y aller. Et toi ? Est-ce que ce visage soucieux a quelque chose à voir avec Monsieur Sexy là-bas ?

– J'avoue que je ne le comprends pas. Alors que c'est le célibataire dans toute sa splendeur, parfois il…

*Parfois, il me tient un discours qui me porte à croire que nous pourrions avoir un avenir ensemble.*

Je hausse les épaules.

– C'est idiot et on s'en fiche. Parlons d'autre chose.

– Tu as des rencards prévus pour cette semaine ?

– Pas encore.

J'ai eu l'esprit si occupé par River et ensuite par Sam que je n'ai même pas consulté mes multiples sites de rencontre dernièrement.

– River me manque.

Nix s'étrangle dans son verre.

– Excuse-moi, quoi ? réussit-elle à dire après toute une série de hoquets.

– Il me manque.

– Cet inconnu anonyme qui parle de t'attacher ? Qui pourrait bien être un serial killer ? Qui pourrait ou pas être un homme marié qui vient juste d'avoir un bébé ? *Il te manque ?*

– Ce n'est pas un serial killer. C'est… peu importe qui il est, avant toute cette histoire, c'était un ami pour moi.

Je hausse les épaules.

– Connor n'est qu'un imbécile, j'imagine. Mais je regrette ma relation avec River.

Hanna et Cally aussi me manquent. Maintenant qu'elles ont des bébés, elles ne peuvent plus sortir comme avant. On se sent seule quand on est la célibataire de la bande.

– Qu'est-ce qui te tracasse, en réalité ?

– Monsieur Bradshaw m'a dit qu'il ne voit pas d'un bon œil ma relation avec Sam. Il m'a laissé entendre que Sabrina Guy était sa *promise*.

Je lève les yeux au ciel.

– Bon sang, je ne savais même pas que cette merde se faisait encore.

Nix tend le cou pour regarder par-dessus son épaule Sam et Sabrina à la table de billard.

– Il n'a pas l'air très amoureux d'elle.

– Je ne lui ai encore rien dit au sujet de River. Tant que je n'ai pas réglé ça, je n'ai aucun droit d'être jalouse de Sabrina.

– Il vient par ici. Tu pourrais en profiter pour lui parler.

– Bonsoir, Mesdames, dit Sam en se glissant dans le box à côté de moi, sa hanche serrée contre la mienne.

– Comment ça va ce soir ?

– Bien.

Mais Nix dit :

– On pourrait aller mieux.

Sam fronce les sourcils et pose sur moi ses yeux couleur miel avec attention.

– Qu'est-ce qui ne va pas ? Il s'est passé quelque chose ?

– Pas vraiment, mais je pense que ton père… (j'avale ma salive)… je pense qu'il n'approuve pas que nous sortions ensemble.

Il grogne et boit une petite gorgée de sa bière.

– Oh, c'est parce que l'idée n'est pas venue de lui. Tu ne le sais peut-être pas, mais mon père est un peu un maniaque du contrôle.

Je hausse les épaules.

– Je ne veux pas m'immiscer dans les histoires de famille, Sam.

Il se tourne vers Nix.

– Pourrais-tu nous excuser ? J'ai besoin de lui demander quelque chose et je pense que cela pourrait me prendre quelques minutes pour réussir à la convaincre.

Nix hausse les sourcils en me regardant, mais elle finit par sortir du box et nous laisser seuls.

– Tu as des projets pour ce week-end ?

Je secoue la tête.

– Je n'ai pas pensé aussi loin.

– Ça te dirait un dîner de fruits de mer aux chandelles ?

– Eh bien, je… Tu me proposes un rencard ?

– Ce n'est pas ce que font les types qui ont le béguin pour une fille ?

– Le béguin ?

En voyant mon trouble, il a l'air moins sûr de lui, tout à coup. Il s'agite.

– Je t'aime beaucoup Liz. Je sais que nous avons tout fait à l'envers, mais je voudrais…

Il baisse les yeux sur sa bière, puis les relève. Il a quelque chose de changé. Il a l'air plus jeune, d'une certaine façon. Peut-être parce que l'homme arrogant a disparu, en laissant la place au petit garçon timide.

– Je veux faire les choses bien. J'ai envie de faire la cuisine pour toi et de t'emmener dans des dîners chic en te tenant la main.

Il prend mon visage dans sa main et son regard se pose sur mes lèvres.

– Et après, je veux te déshabiller. J'aime vraiment te voir nue.

Je souris et, l'espace d'un instant, je suis juste une fille qui regarde le garçon qu'elle aime depuis toujours. Pendant un instant, il n'est plus question de cœurs secrètement brisés ni de liaison sur la toile.

Il se penche vers moi et ses lèvres frôlent mon oreille quand il parle.

– On peut essayer de faire les choses comme il faut et si cela ne te plaît pas, on pourra toujours revenir à notre plan cul de mariage annuel. Bien que, pour être franc, je pense que nous allons avoir besoin d'aller à des mariages plus souvent, parce qu'une fois par an cela ne va plus le faire.

Il s'écarte pour pouvoir examiner mon visage, puis il sourit, le coup fatal pour mes parties intimes.

– Qu'est-ce que tu en dis, Canaille ? Un peu de temps rien que toi et moi ?

– Je ne devrais pas, je murmure. Je sais que ton père tient vraiment à ce que tu fréquentes Sabrina, et il est évident que tu lui plais à elle aussi.

– Rien à foutre de Sabrina. Elle ne m'intéresse pas. Mais alors, pas du tout. Ce week-end. Dis oui.

– Où allons-nous ?

– Deux nuits, répond-il ce qui m'étonne. À Chicago.

– Mais ton père a dit que…

– Oublie mon père. Il ne s'agit pas de sa campagne. Il s'agit de nous. Un week-end, deux nuits, rien que toi et moi.

# 21

# LIZ

– Je pourrais vite prendre l'habitude de tout ça.

Lorsque Sam appuie sur un nœud logé sous mes épaules, je pousse un gémissement. Je pourrais vite prendre l'habitude de tout ça. Le sexe, les bains prolongés, les petits déjeuners au lit, les balades le long du lac Michigan, le vent qui me cingle les joues et un Sam nu à profusion.

Ce soir, nous ne sommes même pas sortis pour dîner. Nous avons demandé le room service et nous avons regardé un film sur la télé grand écran qui se trouve au pied du lit. Et comme si mon cœur n'était pas déjà entre ses mains, il m'a dit de me coucher sur le ventre pour pouvoir me masser le dos.

– Tu fais ça tellement bien, je murmure. Qui t'a appris…

Je pousse un petit cri sans finir ma question parce que ce ne sont plus ses mains qui se posent sur mon dos et mes épaules, ce sont ses lèvres. Il trace un chemin de baisers le long de ma colonne vertébrale, puis il remonte et pose ses mains sur mes hanches et serre. Ses pouces se plantent dans la partie charnue de mes fesses et c'est – bon sang, c'est *trop bon.* Je me soulève du lit en me cambrant pour augmenter le contact avec ses mains tandis que je penche la tête sur le côté pour lui donner plus d'accès à mon cou. Il s'écarte un instant, et je regarde paresseusement par-dessus mon épaule pour le voir saisir son membre gonflé dans sa main.

Cette vision me fait venir l'eau à la bouche et je m'apprête à me retourner pour l'accueillir.

– Ne bouge pas, murmure-t-il. Laisse-moi te baiser comme ça. Je veux me regarder quand je te pénètre. Je veux serrer ton cul entre mes mains au moment où tu me laisses te prendre.

Alors, je sens de nouveau ses mains sur moi lorsqu'il me soulève pour me faire mettre à genoux tout en se positionnant derrière moi.

Sa bite est nichée contre moi et je me cambre pour l'inviter à me pénétrer. Je ne sais pas comment, et je m'en fiche, tout ce que je veux c'est qu'il soit en moi le plus vite possible.

Il m'attrape les hanches et se glisse en moi. Putain, ce que c'est bon. Mais il bouge si lentement que ça me tue. Je pose la tête sur l'oreiller, je bascule les hanches vers l'arrière et un grondement sort de sa poitrine.

– Si tu pouvais te voir là tout de suite, murmure-t-il. Ton cul entre mes mains, tes cheveux étalés sur l'oreiller. Tu es si belle, bordel !

Finalement, il donne un nouveau coup de boutoir et je crie du plaisir intense que me donne sa bite qui s'enfonce plus profondément en moi.

Ses mains se resserrent sur mes hanches presque avec cruauté, mais tout de suite il calme ma douleur par des caresses douces et attentionnées du bout de ses pouces. Fort et doux. Fort et doux. Je mords mon oreiller et il grogne.

– Laisse-moi entendre. Je t'interdis d'étouffer ces gémissements. Laisse-moi les entendre.

– C'est trop bon, je murmure désespérément.

En m'arc-boutant, je balance les hanches pour le prendre encore plus profondément.

– Tu es si belle comme ça. Je veux regarder ta chatte se contracter autour de ma queue quand tu jouis. Caresse-toi pour moi.

– Ce n'est pas nécessaire. C'est bon comme ça.

Je regarde par-dessus mon épaule et ses yeux sont sur moi, brûlants, intenses et exigeants.

– Caresse-toi.

En passant la langue sur mes lèvres, je glisse une main entre mes jambes et je trouve mon clito. J'essaie de soutenir son regard, mais je n'y arrive pas. Dès que mes doigts se referment sur mon clitoris, la sensation est si forte que je suis obligée de fermer les yeux pour être capable d'enregistrer tout ça.

Derrière moi, il murmure son approbation tout en allant et venant en moi pendant que je caresse mon clitoris entre deux doigts.

L'orgasme me submerge rapidement et violemment avant même que je l'aie senti arriver, et mon sexe palpite autour du sien, en se contractant sur lui alors que tout mon corps est secoué d'un spasme puis se relâche avec un plaisir exquis.

Je suis à peine retombée qu'il accélère le rythme de ses coups et me ramène vers ce sommet de plaisir désespéré. Je ne veux pas jouir une seconde fois – pas sans lui. Je déplace la main entre mes jambes vers l'arrière et je prends ses couilles dans ma paume.

Avec un grognement, il plonge en moi, nos peaux claquent sous la force de sa poussée, et je crie. Je n'arrive pas à dissocier la douleur dans ma poitrine du plaisir entre mes jambes. Il n'y a pas de ligne pour les démarquer l'une de l'autre, il n'y a que ce mélange confus de plaisir et d'émotion où tout est meilleur que ce que j'ai jamais connu.

Je bouge la main pour le caresser, pour l'encourager. Ses poussées deviennent moins régulières – profondes puis plus superficielles, rudes puis douces, frénétiques puis contrôlées.

Quand il est sur le point de jouir, je le sens gonfler en moi. Mon corps est épuisé, mais je déplace ma main de façon à ce que ma paume frotte mon clitoris et je monte vers la jouissance en même temps que lui. De ses mains, il serre mes hanches de plus en plus fort et je jouis la première, quelques secondes avant lui.

Quand il se retire, je me laisse retomber sur le lit, trop épuisée pour bouger, j'ai l'impression d'avoir été abusée, ravagée, mais je me sens *entière*.

J'ai vaguement conscience qu'il sort du lit, puis le matelas s'enfonce quand il revient et pose un gant de toilette chaud entre mes jambes.

Je geins dans l'oreiller tandis qu'il me lave. Il est si tendre. Si doux. Je pensais que les play-boys étaient censés être égoïstes au lit, qu'ils prenaient leur pied et s'en allaient. Pas cet homme. Rien ne semble plus le motiver et lui plaire que mon plaisir.

Lorsqu'il a fini de me laver, il s'allonge à côté de moi et repousse les cheveux sur mon visage.

– Ça va ?

Je fais un effort pour ouvrir les yeux et je hoche la tête. Je suis endolorie mais comblée. J'ai mal, mais je suis enivrée.

– Ça va mieux que bien. Je pense que tu as finalement compensé tous ces mois où j'ai été privée de sexe.

– Eh bien, moi, je n'ai pas encore récupéré de ma période d'abstinence, alors tu vas devoir me faire plaisir encore un peu.

Je ricane.

– Quoi ? *Toi*, tu n'as pas été abstinent depuis le mariage de Cally et Will, si ?

Mon sourire disparaît quand je remarque son expression stoïque.

– Si ?

Il s'allonge sur moi, s'installe entre mes jambes et prend mon visage entre ses mains.

– J'attendais que tu me prennes au sérieux. Je pensais que j'avais une chance après le mariage de Will et Cally, mais tu m'as repoussé encore une fois. Je ne me suis intéressé à personne d'autre, je pense que je t'attendais.

J'ai l'impression que mon estomac est tordu par un poing moite et brûlant. Il ne me dirait pas ces choses s'il était au courant pour River. Pour Connor. Pourquoi faut-il que tout ce dont vous avez envie vous soit donné exactement au moment où vous ne pouvez pas le prendre ?

– Je pensais que je ne t'intéressais que pour le cul.

– Même pas au début.

Il repousse une autre boucle de mes cheveux derrière mon oreille avant de poser un baiser sur mon front. Puis il me prend dans ses bras et m'attire contre son torse, où je me sens petite et en sécurité, où je suis enveloppée dans son odeur et sa force, et je m'endors.

***

## SAM

Je suis amoureux d'elle.

Cette révélation devrait peut-être me faire sourire ou, du moins, me faire plaisir, mais je suis terrorisé, au contraire.

Je suis amoureux d'Elizabeth Thompson.

Chaque fois que nous sommes ensemble, c'est intense et doux et tellement bon, putain ! Elle met mon corps et mon esprit dans un état second. Chaque fois que je suis avec elle, je suis terrifié de sentir à quel point j'ai envie de la garder dans mes bras, mais plus terrifié encore à l'idée de ne plus jamais la tenir comme ça.

J'en ai assez de n'être que le type qu'elle laisse l'attacher – le type dont elle se sert pour un occasionnel plan cul d'après mariage.

Pendant deux ans, je me suis dit que ça m'allait comme ça. Je me disais que je n'attendais rien de plus d'elle, que je me fichais qu'elle ait si facilement écarté la possibilité qu'il puisse y avoir quelque chose de sérieux entre nous. Je me disais qu'elle ne possédait pas mon cœur. Peut-être que j'ai même cru à ces mensonges. Et puis je l'ai trouvée au lit avec Connor et j'ai cru qu'elle m'avait arraché le cœur.

À présent, elle dort dans mes bras, ses longues boucles blondes étalées autour d'elle, ses cils très pâles débarrassés de tout maquillage qui la font paraître douce et innocente. Du pouce, je dessine le contour de sa pommette, puis de sa mâchoire, puis toute la longueur de son cou, la peau délicate de sa clavicule.

– Tu es la plus belle femme que j'ai jamais caressée.

Mon cœur se serre d'émotion, comme s'il allait éclater si la pression n'était pas rapidement relâchée. Cela me fait peur de l'aimer. D'aimer n'importe qui, mais Liz encore plus que les autres. Elle me regarde comme si Superman venait d'entrer dans la chambre et je me sens à la fois puissant et faible. Il arrive que toutes mes pensées soient totalement absorbées par elle, et ce n'était pas grave quand il ne s'agissait que de cul, quand je projetais la prochaine fois où je pourrais la déshabiller et la pénétrer. Mais maintenant, il ne s'agit plus seulement de sexe. Je me surprends en train de prévoir des choses que je pourrais dire pour la faire sourire, ou des choses que j'aimerais faire avec elle dans l'avenir.

Hier soir, sur Facebook, j'ai vu une photo d'elle avec une de ses petites nièces dans les bras et, immédiatement, j'ai imaginé à quoi elle ressemblerait en étant enceinte, le ventre distendu par un enfant. À quoi elle ressemblerait en portant un bébé bien à elle dans ses bras.

*Un bébé de moi.*

Je suis un mec rationnel. Deux plus deux égalent quatre. Je ne vois pas comment un avenir avec Liz marcherait. Est-ce que je l'emmènerais avec moi aux repas de famille pour rappeler à Della comment son mari l'a trompée autrefois ? Est-ce que je devrais quitter mon boulot à la banque et partir avec elle à travers tout le pays pour participer à la campagne de Christine ? Ma tête est consciente du merdier dans lequel je suis tombé et sait que le compte n'y est pas. Mais mon cœur ploie sous le poids de toutes ces émotions que j'ai enfermées en moi. Tôt ou tard, quelque chose va craquer.

Elle remue dans mes bras et se retourne pour me faire face.

– Tu ne dors pas ?

*Je sui amoureux de toi.* Mais je ne peux pas prononcer ces mots, alors je dis la seule chose possible.

– Qu'est-ce que tu fais pour Noël ?

Elle cligne des yeux dans l'obscurité et je me demande si elle les voit sur mon visage – la terreur et l'angoisse que j'ai ressenties en comprenant que j'étais tombé amoureux d'elle.

– Je ne sais pas encore.

– Voudrais-tu venir dîner avec moi chez mes parents ?

– Je ne savais pas que quelque chose était prévu. C'est une réception pour la campagne ou quoi ?

– Pas de campagne, Canaille. Pas de journalistes. Je veux juste inviter ma petite amie à passer le repas de Noël avec ma famille de dingues.

– Je…

Elle secoue la tête et j'aimerais embrasser la lune à cet instant parce que la lumière qui entre par l'espace entre les rideaux me permet de voir son sourire.

– Avec plaisir.

Je la prends dans mes bras et j'enfouis mon nez dans ses cheveux pour respirer son odeur alors qu'une sorte de nœud formé depuis longtemps dans mon estomac commence à se desserrer un petit peu.

# 22

# LIZ

– Tu es radieuse.

Je fais de mon mieux pour avoir l'air de ne pas prendre le compliment d'Hanna au sérieux – je n'*irradie* pas –, mais étant donné que je n'arrive apparemment pas à effacer ce sourire idiot de mon visage, je suis pratiquement sûre que c'est en pure perte.

Hanna fait le tour du comptoir de la pâtisserie, me prend par les épaules et, la tête penchée, m'examine avec attention. Puis elle se met à sourire elle aussi.

– Je n'ai pas fermé l'œil de la nuit, avec les filles – qui ont décidé à minuit que c'était l'heure de faire la fête – et je pensais qu'aujourd'hui rien ne me ferait plus plaisir à voir que mon lit, mais ce visage ?

Elle me prend dans ses bras et me serre fort contre elle.

– J'adore te voir heureuse.

– Je reconnais que je le suis. Heureuse. Je suis heureuse.

Et je suis amoureuse. Putain. Je ne sais même pas comment c'est arrivé. Je me suis réveillée dans le lit avec Sam à mes côtés. En dormant, il m'a attirée contre lui, alors j'ai posé la tête sur son torse et j'ai respiré son odeur.

– Comment ça s'est passé ce week-end ?

– Il m'a emmenée en ville. Nous avons mangé et nous avons fait l'amour.

– Vous avez *fait l'amour* ? Intéressant.

– Quoi ? Tu préfères que je dise que nous avons baisé ?

Elle hausse un sourcil.

– Je ne *préfère* pas que tu dises quelque chose en particulier. Je remarque juste que les mots que tu choisis pour décrire le sexe avec Sam ont changé, et je trouve ça intéressant. Je ne dis pas que c'est *mal*, je dis que c'est intéressant.

Je hausse les épaules et je sens que ce sourire niais est de retour sur mon visage.

– Je l'aime vraiment beaucoup, Hanna.

– Je le sais bien. Je me demande simplement pourquoi tu as mis si longtemps à l'admettre.

– J'essayais de protéger mon cœur. Mais ce n'est pas quelque chose que nous pouvons réellement faire, si ?

Elle secoue la tête, mais elle a l'air inquiète, soudain.

– Nous n'avons pas la possibilité de choisir qui s'empare de notre cœur pas plus que nous n'avons la possibilité de choisir qui aura le pouvoir de le briser.

– Il m'a invitée au repas de Noël chez ses parents.

– Waouh !

– Et il m'a appelée sa petite amie.

Je commence à avoir mal aux joues à force de sourire.

– J'ai eu l'impression d'avoir quinze ans tellement cela m'a fait plaisir.

– Rassure-moi, tu lui as dit ?

– Que je suis amoureuse de lui ?

– Ce n'est pas ce que je voulais dire, mais – waouh. Tu lui as dit *ça* ?

Mais joues s'empourprent quand je me rends compte de ce que je viens d'admettre.

– Non. C'est trop tôt. J'ai peur de le faire fuir. Mais de quoi parlais-tu alors ?

– De la nuit au bungalow. Au sujet de Connor ?

Lorsque je suis entrée dans la pâtisserie, je marchais sur un petit nuage et là, sa question vient de le percer et je le sens se dégonfler sous mes pieds.

– Comment est-ce que je pourrais le lui dire sans tout perdre ? Sans parler des conséquences pour Connor. Si Della le découvrait, cela détruirait leur couple.

– Assieds-toi. Il te faut du sucre.

Elle passe derrière le comptoir et examine le contenu de la vitrine avec attention avant de jeter son dévolu sur une nouveauté que je ne reconnais pas.

– Ça, ça devrait le faire.

Elle le pose sur une assiette, attrape une fourchette, une serviette en papier et une tasse de café. Puis elle vient me rejoindre à la petite table de verre.

– Qu'est-ce que c'est ?

Non que je ne lui fasse pas confiance. Si Hanna l'a choisi, il ne peut être que délicieux.

– Une brioche aux pépites de chocolat. En gros, c'est du sucre, des œufs, du beurre et une montagne de pépites de chocolat.

– Vendu.

Je plante ma fourchette dans la pâte moelleuse et je porte la première bouchée à mes lèvres.

– C'est délicieux.

Mais je repose ma fourchette, parce que sa question m'a coupé l'appétit en même temps qu'elle a fait disparaître mon sourire.

– Tu dois lui dire, Lizzy. Cela va sortir à un moment ou à un autre, il est préférable que cela vienne de toi.

Heureusement, mon estomac ne refuse pas quelques gorgées de café bienvenues.

– Je ne veux pas.

– Liz…

– Il commence à se confier à moi. Il est…

Je jette un coup d'œil dans Main Street. La rue est plongée dans l'obscurité et les réverbères éclairent le trottoir.

– Je pense qu'il est en train de tomber amoureux de moi.

– Tu *penses* ? Mais Liz, il est raide dingue de toi. Depuis des années. Tout le monde le voit, sauf toi.

Je baisse les yeux sur ma tasse parce que je ne peux pas regarder ma jumelle. C'est la fille la plus gentille, la plus douce du monde, et je ne peux pas me résoudre à la regarder dans les yeux tout en essayant de lui expliquer pourquoi je veux cacher ce grand secret à l'homme que j'aime.

– Quand j'avais dix-sept ans, j'ai essayé de séduire Sam. Je suis allée jusqu'à Notre Dame et je me suis incrustée dans une fête chez lui. J'ai pris une cuite – c'était stupide – en pensant que cela rendrait les choses plus faciles. Et il m'a repoussée.

– Liz, je n'en savais rien. Pourquoi m'as-tu caché ça ?

– Pour la même raison que je ne t'ai rien dit la première fois que Sam et moi avons vraiment couché ensemble. Parce que c'était humiliant. Je ne voulais pas passer pour la fille désespérée, et j'avais l'impression, si je n'en parlais pas, que c'était un peu comme si cela n'avait pas eu lieu.

– Comme si *quoi* n'avait pas eu lieu ?

Mes yeux me piquent et je les lève vers le plafond pour arrêter les larmes.

– Tu sais avec qui j'ai fini par coucher ce week-end-là ? Tu sais qui était là pour ramasser les morceaux quand Sam m'a repoussée ?

L'expression de son visage change, comme si elle comprenait quelque chose pour la première fois.

– Connor.

J'acquiesce lentement. Je culpabilise de regretter ma nuit avec Connor. Il avait été doux et prévenant, et aussi surprenant que cela puisse paraître, cette nuit a été le point de départ d'une grande amitié. Mais je regrette quand même, parce que si nous n'avions pas couché ensemble ce soir-là, cette porte n'aurait pas été ouverte et peut-être que nous ne nous serions pas retrouvés au lit ensemble l'été dernier quand je me sentais si seule et que Della lui avait brisé le cœur.

– Sam m'a détestée après nous avoir trouvés au lit ensemble. De son point de vue, j'étais aussi coupable que Connor pour avoir fait de la peine à Della, et s'il apprenait que j'ai eu toute cette histoire avec quelqu'un sur Internet et… *zut alors,* c'est Connor ! S'il apprenait la vraie raison pour laquelle je suis venue au bungalow après votre mariage, je ne sais pas s'il pourrait me pardonner.

– Alors, c'est quoi ton plan ? De continuer comme ça en espérant qu'il ne découvre jamais rien ?

– Pas pour toujours. Seulement jusqu'à ce que les choses soient moins fragiles.

Hanna reste silencieuse un moment, avec ses yeux fatigués et son air trop raisonnable. Elle en a vu de toutes les couleurs pour gagner son bonheur éternel avec Nate. À bien des égards, elle est plus mûre que moi. En tout cas, elle a eu à prendre des décisions bien plus dures que les miennes.

– Je pense que tu ne devrais pas trop attendre pour le faire. Je ne veux pas que tu souffres. Je t'en prie, fais attention.

***

## SAM

Le jour de Noël, je commence ma journée par un jogging. Le soleil brille sur la neige et l'air est frisquet mais pas assez froid pour m'empêcher de sortir. J'aurais dû lui demander de passer la nuit avec moi. Qu'est-ce que ça ferait de me réveiller tous les jours avec Liz dans mes bras ? De lui apporter le café au lit et de lui faire l'amour avant de partir pour la banque ? Qu'est-ce que ça ferait de savoir que je la trouverais à la maison en rentrant ?

Quand je tourne au coin du pâté de maisons en rentrant chez moi après avoir couru mes sept kilomètres, j'ai retrouvé le sourire. Je ne lui ai pas demandé de rester avec moi hier soir. Je ne me suis pas réveillé à ses côtés ce matin de Noël, mais l'année prochaine…

– C'est son deuxième Noël.

Je lève brusquement la tête, Asia est assise sur le sol de mon perron. Elle est adossée à la porte, emmitouflée dans un grand manteau noir.

– Tu n'as rien à faire ici. Tu as eu ton argent. Dégage.

Lorsqu'elle relève la tête, ses épais cils noirs sont collés par les larmes.

– Je n'arrête pas de l'imaginer. Cette petite fille de deux ans au visage potelé ouvrant ses cadeaux.

Elle hausse les épaules.

– Je ne sais pas.

– Va-t'en. Tiens-toi à l'écart de chez moi. Tu n'as aucun droit…

– Comment peux-tu te conduire comme si j'étais la mauvaise dans cette histoire ?

*Parce que tu m'as pris mon enfant.* Mais je ne prononce pas ces mots, parce que la femme qui se trouve devant moi n'est plus la sorcière calculatrice qui me faisait chanter il y a des semaines. C'est une mère dont le cœur est brisé.

– Il ne veulent pas me laisser la voir, dit-elle d'une petite voix. Je veux seulement la voir.

– De quoi est-ce que tu parles ?

Elle se lève en vacillant. Bon sang. Elle est ivre. C'est le matin de Noël et elle est tellement ivre qu'elle tient à peine debout.

– Tu dois parler à cet homme. Tu continues à croire que je suis le diable alors que cet homme te ment.

– Quel homme ?

– L'homme qui m'a payée pour que je sorte de ta vie. L'homme qui m'a dit de te dire que je m'étais fait avorter, même si j'avais promis de la donner à l'adoption.

Mes pensées concentrées sur Liz doivent me faire halluciner. C'est la seule explication possible à tout cet espoir qui gonfle ma poitrine. La seule explication à la question que je m'entends lui poser.

– Es-tu en train de me dire que tu as gardé le bébé ? *Notre* bébé ?

– J'ai vendu mon âme.

Les larmes ruissellent sur son visage maintenant et mes tripes font des nœuds. Je ne sais pas si je dois la croire ou si c'est juste une nouvelle manipulation.

– J'ai vendu mon âme à un diable blond, et maintenant j'en paie le prix.

* * *

## LIZ

Je ne sais pas pourquoi il m'a invitée.

La table déborde de plats que la mère de Sam et ses sœurs ont préparés et il y a tellement de monde dans la salle à manger, tellement d'odeurs de nourriture, et au moins une demi-douzaine de conversations croisées que je n'ai pas l'impression d'avoir assez de place pour respirer et encore moins pour penser.

C'est fascinant d'observer monsieur Bradshaw avec sa femme et ses enfants. Aujourd'hui, ce n'est pas le candidat. C'est l'homme. Et c'est si rafraîchissant de voir que les deux ne sont pas tellement différents que je l'apprécie encore plus.

J'adore la façon dont les frères et sœurs de Sam se taquinent, plaisantent et se font des blagues.

J'ai envie d'aimer tout ça. J'ai envie que nous soyons un couple ordinaire qui participe à une fête de famille pour la première fois. Mais j'ai eu l'impression que tout changeait à l'instant où j'ai passé la porte. Connor portait son bébé dans les bras et il a pâli en me voyant. Della a ricané. Et quand monsieur Bradshaw m'a aperçue, quelque chose est passé sur son visage et j'ai su qu'il était contrarié que je n'aie pas gardé mes distances avec Sam comme il me l'avait demandé. Mais le pire, c'est Sam. C'est à peine s'il m'a saluée lorsque je suis arrivée, et il ne m'a pas dit un mot de la soirée. Il n'arrête pas de fusiller Connor du regard et il lui a aboyé dessus quand il a osé lui souhaiter un joyeux Noël.

Si Sam est revenu sur son idée de m'inviter, j'aurais aimé qu'il m'appelle pour me dire de rester chez moi. J'aurais été blessée, mais j'aurais préféré ça à me sentir comme une paria dans un réveillon de Noël avec une famille qui n'est pas la mienne.

– Des pommes de terre ?

Je sursaute en entendant la voix de Sam à côté de moi. Je me force à sourire et j'en prends un peu dans le grand plat de céramique. Ian, le jeune frère de Sam, s'assied à côté de moi.

– Si tu as le temps après le repas, tu devrais venir voir la Corvette que je restaure dans la grange.

Il balade sur moi un regard clairement intéressé.

– Je suis très habile de mes mains, tu sais.

– Jeune homme, intervient Sam en grondant, sans se retourner ni vers son frère ni vers moi, si tu n'arrêtes pas de reluquer ma petite amie, je vais m'occuper de toi.

Ian rougit et reporte son attention sur son assiette, et je me sens rougir moi aussi. Il est peut-être de mauvaise humeur, mais il vient de m'appeler sa *petite amie* encore une fois. C'est juste un petit mot idiot, mais qui veut tout dire.

– Ce n'est pas grave, je marmonne.

J'aimerais qu'il me dise ce qui l'a mis de si mauvaise humeur. Sauf si c'est moi.

– Petite amie ? dit Della. C'est intéressant.

Puis c'est au tour de sa mère de s'intéresser à moi, semble-t-il.

– Alors, Liz, avec tes sœurs qui se marient et qui font des enfants, est-ce que tu cherches à faire la même chose ?

On dirait qu'il n'y a qu'elle qui soit contente que je sois là.

En face de nous, Ryann se met à fredonner « Fixer Upper », la chanson du dessin animé de Disney. Je jette un coup d'œil à Sam, mais il n'a pas l'air de réagir. Je suppose qu'il ne connaît pas la chanson.

Della attaque son poulet avec tant de force que sa fourchette grince sur l'assiette.

– Hum…

Du regard, je cherche le soutien de Sam, mais il fronce les sourcils, les yeux perdus dans le vide. *Merci pour ton aide, mon pote.*

– Je ne sais pas. Je veux dire, je viens juste de me lancer dans une nouvelle carrière et…

*Et c'est de Sam dont on parle là, non ? Vous savez ce qu'il pense de l'engagement* ?

Et pourtant je suis là.

Le meilleur plan d'action, c'est de changer de sujet. Je me tourne vers Ian.

– Alors, à quoi est-ce que tu t'intéresses ? Tu passes beaucoup de temps à restaurer des voitures ?

Ryann ricane.

– C'est seulement ce qu'il veut te faire croire. Il passe plus de temps sur son ordinateur à charger des programmes.

– Quel genre de programme ?

– Ian a élaboré le programme pour le site de rencontre Something Real, dit Connor en souriant à son beau-frère.

Je m'étrangle avec mon vin.

– C'est *ton* site ?

– Ouais, dit Ryann. Il sait par expérience à quel point c'est difficile pour les types affreux de se trouver une copine, alors il a passé des centaines et des centaines d'heures à élaborer un moyen de contourner le problème.

– C'est seulement que toi tu es trop superficielle pour apprécier une relation véritable, dit Ian à sa sœur. Moi, je suis un romantique. Je crois à l'amour.

Le reste du repas passe dans un brouillard dans lequel Ian continue à parler de son projet favori et où le reste de la famille intervient pour parler de leurs différentes contributions. Vue de l'extérieur, je suis une femme silencieuse qui pousse ses aliments sur son assiette, mais à l'intérieur je panique.

– Mais tu parais plutôt jeune pour ce genre d'entreprise, je parviens à dire quand j'ai enfin retrouvé ma voix. Qui sont tes investisseurs ?

Ian sourit.

– J'ai la chance d'être né dans une famille d'investisseurs, alors pratiquement tout le monde ici.

*Il faut que tu lui dises avant qu'il ne l'apprenne par Ian.*

Ma raison tire la sonnette d'alarme, mais mon cœur sait que tout ceci sera fini quand j'avouerai ce qui s'est passé.

Peut-être que ce n'est pas Connor. Peut-être que c'est… peut-être que c'est Ian. Il faut vraiment être pathétique pour en venir à *espérer* avoir eu des conversations de cul inconvenantes avec le petit frère de Sam.

– Est-ce que je n'ai pas lu dans le *Tattler* que tu es inscrite sur Something Real ? me demande Della.

Madame Bradshaw débarrasse la table. Je n'ai pratiquement rien mangé. Ça ne passait pas.

– J'ai fait un essai.

Je lance un regard à Sam, espérant contre toute attente qu'il va intervenir pour dire que je n'ai plus besoin de ce genre de site puisque je sors avec lui. Qu'il va dire quelque chose. *N'importe quoi.*

Mais il est trop occupé à regarder dans le vide et il ne dit rien.

À côté de moi, Ian sort son téléphone de sa poche et se met à taper sur l'écran.

– Oh, dit-il en faisant dérouler quelque chose. Je t'ai trouvée, Liz. Cela fait un petit moment que tu n'es plus active.

Mon estomac se soulève.

– Excusez-moi.

Je repousse ma chaise et je quitte la pièce précipitamment.

Dans le grand salon, j'appuie ma tête sur le mur en essayant de faire ralentir les battements de mon cœur.

– Liz ?

Je me retourne. Sam m'a rejointe et, pour la première fois de la soirée, la colère a disparu de son visage. Est-il déjà au courant ?

– Je suis désolée.

Je suis lâche. Je ne peux pas courir le risque de lui briser le cœur ni de l'amener à me détester tant que je ne suis pas sûre à cent pour cent que Connor et River ne font qu'un.

– Je dois partir.

J'ai la voix qui tremble en me dirigeant vers la porte, mais je ne pleurerai pas devant lui. Je ne m'écroulerai pas devant sa famille.

– Qu'est-ce qui se passe ?

Il sort derrière moi et quand nous sommes tous les deux sous l'éclairage du porche, il prend mon visage entre ses mains.

– Dis-moi.

*Je t'en prie, ne fais pas ça. S'il te plaît, s'il te plaît, ne sois pas gentil avec moi, je ne le mérite pas.*

– J'ai oublié que j'avais promis à Hanna de l'aider à la pâtisserie ce soir.

Il sait bien que je mens. Je le vois dans ses yeux. Et parce que c'est Sam et que ce n'est pas la première fois qu'on lui ment, il laisse retomber ses mains et fait un pas en arrière. Il ne veut pas toucher la femme qui lui ment.

Je descends les marches précipitamment et, une fois sur le trottoir, je me dirige vers la pâtisserie en faisant tout ce que je peux pour ne pas courir.

Il ne tente pas de me rattraper. Et c'est tant mieux. Je suis comme un morceau de verre brisé – toujours entier mais brisé de toutes parts – et son contact, sa voix, sa sollicitude, tout cela suffirait à me faire voler en éclats.

# 23

# LIZ

Contre toute logique, quand je me retrouve dans ma maison vide, River me manque plus que jamais depuis que nous avons interrompu nos échanges. C'est insensé. J'en veux à Connor. Je suis révoltée qu'il puisse faire ça à Della. Mais mes conversations avec mon ami sans visage me manquent. Elles me donnaient l'impression de me sentir désirée pour moi-même, et cela me manque.

*Tu me fais espérer qu'il pourrait y avoir autre chose. Tu me donnes envie d'aller plus loin*

Je sais que c'est idiot et complètement incohérent, mais un sentiment de chagrin étreint ma poitrine. Comme si mon cœur n'avait pas fait son deuil de l'idée que Sam serait River. Je voulais tellement que ce soit lui que j'avais fini par m'en convaincre.

J'ouvre mon ordi et, pour la première fois depuis ce fameux matin où je me suis enfuie du bungalow, je me connecte sur Something Real.

**Tink24** : `Tu es là ?`

**Riverart69** : `Je suis sur mon téléphone. Tu vas bien ?`

Je secoue la tête. Non. Je ne vais pas bien. L'homme à qui je faisais le plus confiance en ce monde – l'homme que j'ai défendu des centaines de fois auprès de sa femme – voulait avoir une liaison avec moi.

Ouais, on pourrait me rétorquer que nous avions déjà une liaison. Nous avons franchi certaines limites. Jusqu'ici, je n'ai pas voulu y réfléchir mais maintenant, je le reconnais. J'avais une liaison avec un homme marié. Nous n'avions peut-être pas de contacts physiques, mais nous en parlions. Nous les décrivions. Je suis aussi coupable que la femme avec qui le père de Sam a eu une liaison.

**Tink24** : `Je sais que tu es marié.`

Les yeux rivés sur mon écran, j'attends sa réaction. Je ne sais pas ce que je veux qu'il dise. Qu'il n'est pas marié ? Est-ce que j'ai envie de découvrir que c'est quelqu'un d'autre, que ce n'est pas Connor ? Un inconnu qui utiliserait le bungalow des Bradshaw pour y attirer des femmes et les séduire ? Est-ce que ce serait vraiment mieux ?

Je n'en peux plus d'analyser mes propres motivations quand sa réponse arrive enfin.

**Riverrat69 :** Tu as deviné qui j'étais.

**Tink24 :** Oui.

**Riverrat69 :** À cause du bungalow.

**Tink24 :** Oui.

**Riverrat69 :** Je n'aurais jamais dû t'inviter là-bas. C'était imprudent. Risqué. Je m'excuse.

**Tink24 :** Tu es en train de me dire que tu n'avais pas l'intention de tromper ta femme ?

**Riverrat69 :** Pourrions-nous parler de ça de vive voix ?

**Tink24 :** Non, tu es marié.

**Riverrat69 :** Tu sais, les gens qui parlent de leur conjoint en l'appelant leur partenaire ? Eh bien, c'est ça. Je suis son partenaire. Les mauvais jours, j'ai l'impression d'être son assistant. La personne qui est là pour lui rendre la vie plus facile. Ce n'est pas exactement ce que je voulais. Je voulais une amante et une compagne. Alors, oui, je suis marié. Mais je n'ai pas d'amante. Et tu es ce qui se rapproche le plus de la compagne que je n'ai pas eue depuis bien longtemps.

Je serre les paupières. Je suis l'autre femme.

**Tink24 :** Tu as fait de moi quelque chose que j'ai toujours refusé d'être. Je ne peux pas te le pardonner.

**Riverrat69 :** Lizzy…

Je porte vivement la main à ma bouche et tout mon corps se met à trembler. Il sait que c'est moi. Il a travaillé à côté de moi, il m'a parlé, de son bébé et de Della qui est une mère formidable, et pendant tout ce temps il savait que j'étais Tink24.

Je ferme les yeux et je me concentre sur ma respiration, obligeant mes poumons à laisser passer l'air. C'est tellement plus difficile de respirer dans un monde où les gens à qui vous faisiez le plus confiance vous laissent tomber.

Quand je rouvre les yeux, il m'a envoyé un nouveau message.

**Riverrat69 :** Tu savais que c'était moi. Tu le sais depuis tout ce temps, mais pourtant tu n'as pas démissionné. Cela veut dire quelque chose, non ?

**Tink24 :** Je n'ai pas envie de démissionner. J'adore ce boulot.

Et maintenant plus que jamais. C'est important pour moi. Je n'ai jamais été prise au sérieux de toute ma vie, et subitement, j'ai ce boulot où tout le monde prend ce que je dis très au sérieux. Ce que je fais compte, et si je quitte la campagne, quelles seront mes chances de jamais retrouver un responsable politique pour m'engager ?

**Riverrat69 :** Tu voulais être près de moi autant que moi je voulais être près de toi.

**Tink24 :** Je refuse d'être l'instrument de la destruction d'un couple. Cette…

relation ? Ou peu importe ce que c'était. En tout cas, c'est fini.

**Riverrat69 :** Je respecte ça. Je m'excuse de t'avoir blessée. Je n'ai jamais voulu ça. J'étais aveuglé par notre connivence. Je n'ai jamais ressenti ça avec personne.

**Tink24 :** Je croyais que tu étais quelqu'un d'autre. Je voulais que tu sois cette autre personne.

**Riverrat69 :** Sam ?

J'inspire avec difficulté. Mes joues sont mouillées. Je pleure et je me sens laide à l'intérieur. Ce n'est pas seulement parce que c'était la chose à faire que je l'ai évité. Je l'ai évité parce que je ne voulais pas regarder en face ce que j'avais fait.

**Tink24 :** Je vais supprimer mon compte. Ce sera la dernière fois que nous communiquerons de cette façon.

**Riverrat69 :** Cela va me manquer de ne plus te voir. Prends soin de toi.

**Tink24 :** Es-tu en train de me dire que je n'ai plus de boulot ?

**Riverrat69 :** Tu peux rester si tu veux, au contraire. Mais tant que tu seras près de moi, je continuerai à te désirer.

Soudain, je sursaute en entendant la sonnette de ma porte d'entrée. J'essuie mes larmes et je vais ouvrir.

Sam regarde de l'autre côté de la rue, les mains enfoncées dans ses poches.

J'ouvre la porte lentement, mais quand il se retourne, son regard ne montre aucune colère. Il est intense. Il vient vers moi à grandes enjambées et claque la porte derrière lui, en faisant trembler toute la maison. Je recule contre le mur.

– Qu'est-ce qui ne va pas ?

– Rien. Tout. Ma sœur vient juste d'avoir un bébé, et son mari est un salaud. Mon père se présente au poste de gouverneur et je ne suis pas sûr de pouvoir faire confiance à quelqu'un dans cette foutue famille. Et… j'ai une petite amie.

Puis, comme si cela expliquait tout, il se jette sur moi et m'embrasse avec fougue. Ses lèvres s'écrasent sur les miennes, suivies de sa langue, et je me laisse faire sans arrière-pensée.

J'entoure de mes doigts ses biceps impressionnants, et ses mains à lui se posent sur mon cou avant de descendre sur mes épaules puis le long de mes bras pour aller ensuite me prendre par la taille, et de poursuivre leur chemin jusqu'à mes hanches où ses doigts s'enfoncent presque douloureusement.

Il passe une main entre nous pour l'installer entre mes jambes et me caresser à travers la flanelle de mon pantalon de pyjama.

Je ne sais pas ce qui lui prend. Ni ce qu'il veut de plus que des caresses passionnées et des baisers enflammés. Mais je sais que je ne peux pas faire ça alors que mon esprit est toujours occupé par River, alors j'écarte sa main et je m'extrais de son étreinte.

Il appuie les mains sur le mur et baisse la tête en reprenant son souffle.

– Je ne suis pas mon père. J'ai passé toute ma vie à essayer de prouver que je suis moi-même, mais je n'y ai jamais cru.

Il se retourne lentement et me regarde.

– Je suis désolé pour ce soir. J'ai laissé les conneries familiales te gâcher ton Noël. Pardonne-moi.

***

## SAM

– Tu n'as pas à t'excuser, dit Liz d'une voix douce.

Je ne vais pas me laisser impressionner et gâcher nos chances d'être ensemble.

Après avoir appelé quelqu'un pour qu'on vienne chercher Asia, je suis allé chez mes parents. Les pensées se bousculaient dans ma tête, mais j'étais résolu à oublier ce qu'Asia m'avait dit jusqu'après Noël, mais c'est alors que j'ai entendu mes parents se disputer. Ma mère parlait à voix basse, mais je l'entendais à travers la porte du bureau, et j'entendais l'hystérie qui pointait dans ses paroles.

*– Tu espères me faire croire que tu ne couches pas avec elle ?*

*– Je ne l'ai jamais touchée.*

*– Tu ne pouvais pas plus mal choisir ton moment. Pense à la campagne.*

C'est sans doute ce que j'ai eu le plus de mal à avaler. Ma mère, sa *femme*, alors qu'elle se trouvait confrontée à la possibilité que son mari la trompe encore une fois, s'inquiétait plus pour les conséquences qu'une liaison pourrait avoir sur sa campagne politique que sur son couple.

Et peut-être que lui, il y a deux ans, était plus inquiet

pour sa carrière politique que pour l'enfant de son propre fils.

Liz me regarde fixement, le front plissé, les dents plantées dans sa lèvre inférieure.

– Je suis amoureux de toi.

Les mots sont sortis de ma bouche comme si je ne pouvais plus les retenir.

– Quoi ?

Pour toute réponse, je la colle contre le mur en plongeant mes mains dans ses cheveux et je l'embrasse passionnément. Je suis terrifié par ce qui va arriver à ma famille. Mais sentir Liz, sentir sa bouche sous la mienne me fait oublier le stress.

Je glisse une main entre ses jambes et en même temps je pose les lèvres dans son cou, je mordille et je suce jusqu'à ce qu'elle penche la tête sur le côté pour m'en faciliter l'accès.

– Je suis amoureux de toi.

C'est la vérité, mais je déteste la sensation de vulnérabilité que le fait de le dire me procure, comme si cette seule phrase avait le pouvoir de me renvoyer dans le passé, à une époque où mon cœur ne m'appartenait pas. J'avais besoin d'elle après notre première nuit passée ensemble. Elle tenait mon cœur dans ses mains et elle m'avait dit qu'elle n'était pas intéressée.

Je ne veux pas revivre cela, ce genre de vulnérabilité. Pour rien au monde. Sauf pour elle. Il n'y a que pour Liz que je pourrais l'accepter. Parce qu'une fois qu'une femme s'est emparée du cœur d'un homme, il ne le récupère jamais vraiment.

Elle tente un sourire, mais il tremble sur les bords.

Elle voudrait me croire.

– Tu ne peux pas être amoureux de moi. J'ai merdé si souvent. Et j'ai tellement peur qu'une fois que tu te rendras compte…

– Parce que tu crois que moi, je n'ai pas merdé ? Que je n'ai pas peur ?

Je tiens son visage entre mes mains et je plonge dans ses grands yeux bleus.

– Je suis terrorisé chaque fois que je suis avec toi. J'ai peur de ce que cela veut dire de me réveiller tous les matins en pensant à toi. J'ai peur de m'apercevoir que j'ai oublié ce que ça faisait de ne pas te voir pendant des semaines d'affilée. J'ai peur de voir à quel point j'ai besoin de toi et que tu as complètement volé mon cœur. Mais, surtout, je suis terrorisé à l'idée de n'être pas assez bien pour toi, et que même si tu mérites mieux, je ne vois pas comment je pourrais vivre dans un monde où je n'aurais pas la possibilité de sentir tes cheveux ou de te tenir dans mes bras.

Elle me regarde fixement, les yeux ronds, les lèvres écartées.

– Dis quelque chose.

– Je t'aime aussi.

Ces paroles soulèvent un poids de ma poitrine et, pour la première fois depuis des jours, je peux enfin respirer profondément.

– Alors rien d'autre n'a d'importance.

Je penche la tête pour l'embrasser.

Elle m'arrête en posant un doigt sur mes lèvres.

– Il faut qu'on parle d'abord.

Mon téléphone se met à sonner et je ne réponds pas. Je ne peux pas lui parler en ce moment.

Liz et moi nous regardons.

– J'ai déconné. C'est un rêve d'être avec toi, et si j'avais eu la moindre idée que c'était possible, je ne me serais pas inscrite sur tous ces stupides sites de rencontre.

– Je m'en fiche.

Mon téléphone recommence à sonner, et cette fois je le regarde. Le dernier appel venait de Connor, mais là c'est Della.

– Excuse-moi, je dis à Liz avant de répondre. Allô ?

– Il faut que tu reviennes à la maison tout de suite. C'est une urgence.

# 24

# SAM

– Merci d'être venu, dit Connor en refermant la porte.

Nous sommes dans le bureau de mon père à la maison et je suis furax. J'ai enfreint la limitation de vitesse tout le long du trajet pour venir ici, persuadé qu'en arrivant à la maison j'allais tomber sur une ambulance emmenant ma mère ou un truc du genre. Mais tout le monde va bien. *Connor* voulait seulement me parler. Putain !

– Qu'est-ce que c'est que cette histoire ?

Je regarde mon téléphone pour voir si Liz m'a envoyé un message. Je me demande si je pourrai la convaincre de venir chez moi ce soir. Je pourrais lui préparer à dîner – un truc avec cette sauce rouge qu'elle adore, et du vin. Et après je pourrais l'emmener dans la chambre et…

– Assieds-toi.

Connor me désigne un fauteuil d'un signe de la tête, mais je remarque que lui ne s'assied pas. Il arpente la pièce nerveusement, les traits tirés, le regard fatigué.

– Il faut qu'on limite les dégâts.

Ces mots me sortent brusquement de ma rêverie.

– Laisse Asia tranquille. Tu en as fait assez comme ça.

Il fronce les sourcils.

– Il ne s'agit pas d'Asia.

*Il est au courant pour la liaison de mon père.* Je ne sais pas ce que Connor veut me dire, et je n'ai pas envie de le savoir. Il est payé pour s'occuper de ces trucs-là. Je veux rester en dehors de tout ça. Mon père aime les femmes. Beaucoup. Et mon père a un peu de mal à garder sa queue dans son pantalon. Cela ne me surprendrait pas venant de l'homme politique lambda, et étant donné le passé de mon père, cela ne devrait pas me surprendre venant de lui. Mais quand même. Il est censé aimer ma mère et personne d'autre. Pour toujours.

– Il s'agit de Lizzy. Elle utilise Something Real, le site de rencontre de Ian.

Je secoue la tête, j'ai un peu de mal à accrocher les wagons.

– En quoi ça te regarde ?

Il laisse tomber une pile de papiers devant moi et je survole des yeux la première page des messages entre Tink24 et Riverrat69.

– C'est elle, Tink24. Ian vient de trouver ça ce soir.

Il a surligné certains passages et je ne peux pas m'en empêcher. Je commence à feuilleter les pages en lisant rapidement au fur et à mesure.

**Riverrat69 :** Parle-moi ce qui t'excite.

**Tink24 :** Les baisers. Les rencontres secrètes dans des coins sombres. Les hommes forts qui ne lâchent pas l'affaire quand ils veulent quelque chose mais qui ne sont pas trop fiers pour demander la permission avant de le prendre. Et toi ?

**Riverrat69 :** Les blondes, les belles femmes en jupe courte, les diablesses effrontées.

**Tink24 :** Oh, alors je t'excite ?

**Riverrat69 :** Oui, mais ça, tu le savais déjà.

**Tink24 :** Je l'espérais. Rien d'autre ?

**Riverrat69 :** Un tas de choses. Le galbe d'un cul de femme. L'entendre crier mon nom quand je la pénètre. La façon dont elle retient son souffle juste avant de jouir. À ton tour.

**Tink24 :** Cette conversation m'excite. Et, si le moment s'y prête et que je me sens en sécurité… être attachée.

**Riverrat69 :** J'adorerais t'attacher. C'est un de mes fantasmes récurrents.

Instinctivement, je serre les poings en froissant les pages entre mes doigts. Mon corps tout entier brûle de la colère qui déferle en moi alors que je feuillette les messages. La plupart des échanges sont anodins, mais Connor a surligné les pires d'entre eux.

– Pourquoi est-ce que tu me montres ça ?

Ma voix me paraît étrange. Plus fluette. Plus jeune. Vulnérable.

– Continue à lire.

Alors je le fais. Je lis en diagonale les conversations suivantes. Je m'oblige à regarder les photos qu'elle lui a envoyées. La courbe de sa hanche dans une culotte en dentelle noire, ses jambes nues et étendues sur des draps blancs, son décolleté. J'aimerais pouvoir me dire que ce n'est pas Liz, mais je sais que ce n'est que du déni. Je connais son corps mieux que je ne connais le mien. J'aurais pu identifier cette hanche et ces jambes n'importe où. Mais quand j'en suis à la moitié, je veux arrêter, je sais que je devrais arrêter, mais je n'y arrive pas. Peut-être que je cherche un détail qui prouverait que ce n'est pas elle. Ou peut-être que j'ai seulement besoin de connaître la vérité.

Je me fige quand j'arrive au passage surligné sur la dernière page.

**Tink24 :** `Tu veux toujours me rencontrer ?`

**Riverrat69 :** `Plus que jamais.`

**Tink24 :** `Où ? Quand ?`

**Riverrat69 :** `Pourrais-tu être à Brown County demain soir ?`

**Tink24 :** `Oui. Mais je n'y serai pas de bonne heure. J'ai une réception.`

**Riverrat69 :** `5429 Water Pointe Boulevard. J'attendrai.`

**Tink24 :** `J'y serai.`

**Riverrat69 :** `Je n'ai jamais réellement arraché les vêtements d'une femme jusqu'ici, mais il n'est pas impossible que je le fasse avec toi. Je ne crois pas que je te laisserai le temps d'aller plus loin que l'entrée avant d'enfouir mon visage dans ta chatte.`

Mon estomac se tord et la colère me submerge. C'est plus que de la colère – la lame est plus épaisse et le fil plus affûté. De la jalousie. Une blessure. La poussée impitoyable d'une dague qui se fraie un chemin de bas en haut dans ma poitrine. Je ne suis pas seulement *tombé* amoureux de Liz, je suis monté jusqu'au haut de l'échelle et je suis retombé jusqu'en bas. Tout ça pour me prendre une trempe au bout du compte.

Je lève les yeux sur Connor, il a l'air embêté.

– Espèce de salaud. Ma sœur venait juste de mettre ton bébé au monde.

C'est justement pour cela qu'il n'était pas là. Il n'a pas pu venir la rejoindre au bungalow parce que Della était en train d'accoucher.

Et c'est moi qui étais là, à sa place. J'étais censé passer la nuit à l'auberge comme le reste des invités, mais j'ai pris une décision de dernière minute qui a tout changé. Ce n'est pas pour moi qu'elle était venue.

Connor secoue lentement la tête.

– Je ne suis pas Riverrat69.

– Tu ne vas pas t'en sortir par des mensonges. Tu as aidé Ian à construire ce site. Tu en es administrateur et donc tu as pu autoriser l'échange de photos entre vos comptes. Tu vas *tout le temps* au bungalow.

– Je ne suis pas Riverrat.

Il le répète d'une voix douce. Ce n'est pas comme s'il se défendait, mais plutôt comme s'il compatissait, et cela ne tient pas debout.

– Alors c'est qui ?

Un éclair douloureux passe sur son visage, et le sol s'effondre sous mes pieds. Je sais.

***

# LIZ

J'essuie mes larmes en mettant dans un carton les quelques affaires qui m'appartiennent. Je ne peux pas continuer à travailler ici. River a été très clair à ce sujet. *Connor,* je corrige mentalement. Si je continue à l'appeler River dans ma tête, c'est plus facile de faire comme si rien ne s'était passé, et je ne veux plus faire ça. Il faut que je quitte ce job et il faut que je dise tout à Sam.

Avec un peu de chance, monsieur Bradshaw m'aidera peut-être quand même à obtenir le poste de stagiaire dans la campagne du gouverneur Guy, mais de toute façon je ne peux plus rester ici.

Il ne me faut pas longtemps pour rassembler mes affaires dans un seul petit carton, mais quand je me retourne pour partir, je vois qu'il y a de la lumière dans le bureau de monsieur Bradshaw. Que fait-il là le soir de Noël ?

Je repose mon carton et je vais à sa porte. J'ai les mains qui tremblent quand je frappe. Ce n'est pas très correct de ma part de le quitter après si peu de temps et d'aller lui demander d'intervenir en ma faveur pour me trouver un nouveau job, mais ce serait stupide de ne pas le faire.

– Entrez.

En inspirant profondément je pousse la porte.

– Monsieur Bradshaw ?

Il sursaute un peu en entendant ma voix. Il promène son regard sur moi deux fois – la première comme pour une reconnaissance rapide, la deuxième fois plus lentement et presque…

Je hoche la tête pour écarter cette pensée avant qu'elle ne prenne totalement forme dans mon esprit. Je m'imagine des choses.

– Je ne m'attendais pas à te voir aujourd'hui.

Il y a quelque chose de bizarre dans sa voix, comme s'il retenait les mots qu'il veut vraiment prononcer.

– Excusez-moi de vous déranger.

Il s'écarte de son bureau et se lève pour en faire le tour.

– Tu ne me déranges jamais, Liz. Qu'est-ce qui t'amène ?

Je me détends. La bizarrerie que j'ai sentie chez lui quand j'ai frappé à la porte semble s'être envolée. J'ai dû le prendre au dépourvu.

– Si je vous pose une question, promettez-vous de me dire la vérité ?

Je me surprends moi-même. Je devrais me concentrer sur le boulot, pas sur ma vie personnelle.

Ses épaules se tendent et un éclair passe dans ses yeux.

– Je ne peux pas te promettre de te répondre, mais je peux te promettre que je ne te mentirai pas.

Je hoche la tête en passant ma langue sur mes lèvres gercées. J'ai la bouche sèche. J'ai l'impression que la moindre parcelle de mon corps a été desséchée, que le froid en a fait sortir toute vie.

– D'accord.

Il lance un regard vers la porte restée ouverte derrière moi.

– Ça t'ennuie de fermer la porte d'abord ?

– Oh, non, bien sûr.

Je ferme la porte avant de me retourner vers lui. Il est appuyé sur son bureau, les jambes croisées aux chevilles. C'est incroyable ce qu'il ressemble à Sam. Ou plutôt ce que Sam lui ressemble. Je sais que leur famille est très unie et je ne suis pas sûre qu'il ne va pas trouver qu'il trahit Sam en me disant la vérité. *Le mieux, c'est de poser la question.*

– Pourquoi n'approuvez-vous pas que je sorte avec votre fils ?

Au moment où les mots sortent de ma bouche, au moment où je les entends au lieu de les penser, je me rends compte à quel point cela semble infantile, et le rouge me monte aux joues. Je baisse les yeux. Je suis une femme adulte. La seule personne qui a besoin d'approuver ma relation avec Sam, c'est Sam lui-même. Personne d'autre.

– Liz, regarde-moi.

Lentement, je relève la tête. Il me regarde d'un drôle d'air, la bouche grimaçante, avec quelque chose comme de la douleur dans ses beaux yeux noisette.

– Tu me connais. Mieux que la plupart des gens. Peut-être mieux que quiconque.

Je fronce les sourcils. Il n'y a pas si longtemps que ça que je travaille pour lui, et monsieur Bradshaw est secret, quand il se confie à quelqu'un, c'est quelqu'un de sa famille. Les personnes qui l'entourent sont des membres de sa famille en qui il a confiance. Je suis l'exception. En réalité, je ne le connais pas si bien que ça.

– Tu as vraiment cru que je pourrais te voir sortir avec mon fils, et que ça me *plairait* en plus ?

Il se redresse et fait un pas vers moi, se rapprochant tellement que c'est presque embarrassant.

– Tu crois que cela a été facile pour moi de vous observer tous les deux ensemble.

– Je ne comprends pas.

Mais ce n'est pas vrai. Quand il me passe la main dans les cheveux, je comprends trop bien. Avant même qu'il ne touche mon visage, la vérité m'apparaît brusquement et jaillit de mes lèvres.

– River.

FIN

Ceci est la fin de *Something Dangerous,* mais ce n'est pas la fin de l'histoire de Liz et Sam. *Something Real,* le deuxième tome de la série « Reckless and Real », sera disponible en janvier 2017.

## Du même auteur

**La série de New Hope**
*Unbreak Me*
*Stolen Wishes (*novella, préquel de *Wish I May)*
*Wish I May*

**Here and Now ( une série de New Hope)**
*Lost in Me*
*Fall to You*
*All for This*

**Reckless and Real (une série de New Hope)**
*Something Wild* (novella, préquel de *Reckless and Real*)
*Something Dangerous 1* (Titre original : *Something Reckless)*
*Something Real 2*

**Hot Contemporary Romance**
*Text Appeal*
*Accidental Sex Goddess*

**Decadence Creek Stories and Novellas**
*Just One Night*
*Just the Way You Are*

**Contact**

J'adore recevoir des nouvelles de mes lecteurs, alors vous pouvez me rejoindre sur ma page Facebook à facebook.com/lexiryanauthor, me suivre sur Twitter @writerlexiryan, m'envoyer un mail à writerlexiryan@gmail.com ou me retrouver sur mon site : www.lexiryan.com

DÉCOUVREZ LES AUTRES TITRES DE LA COLLECTION HUGO NEW ROMANCE®

# Wild SEASONS

## CHRISTINA LAUREN

**SWEET FILTHY BOY**

**DIRTY ROWDY THING**

**SAISON 2**

**DARK WILD NIGHT**

**SAISON 3**

**WICKED SEXY LIAR**

**SAISON 4**

**NOT-JOE STORY**

Nouvelle

**SAISON 4.5**

Hugo Roman

M.S. FORCE

# TRILOGIE QUANTUM

*Leur passion forge leur destin...*

VICTORIOUS

VIRTUOUS

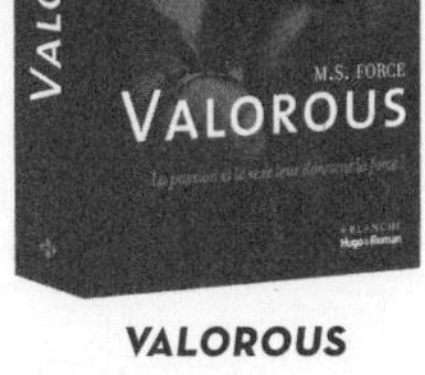


VALOROUS

◆ BLANCHE
Hugo Roman

M. PIERCE

# NIGHT OWL

*Quand la nuit révèle*
*les passions cachées...*

**LAST LIGHT**
**SAISON 2**

**AFTER DARK**
**SAISON 3**

**LONG NIGHT**
**SAISON 1**

◆ BLANCHE
Hugo Roman

# DRIVEN

K. BROMBERG

**DRIVEN**
**SAISON 1**

**FUELED**
**SAISON 2**

**CRASHED**
**SAISON 3**

**RACED - SAISON 3.5**

**ACED - SAISON 4**

Hugo Roman

NEW ROMANCE®
AUDREY CARLAN
CALENDAR GIRL
Mai
Hugo Roman

AUDREY CARLAN
CALENDAR GIRL
Juin
Hugo Roman

NEW ROMANCE®
AUDREY CARLAN
CALENDAR GIRL
Juillet
Hugo Roman

NEW ROMANCE®
AUDREY CARLAN
CALENDAR GIRL
Août
Hugo Roman

NEW ROMANCE®
AUDREY CARLAN
CALENDAR GIRL
Septembre
Hugo Roman

NEW ROMANCE®
AUDREY CARLAN
CALENDAR GIRL
Octobre
Hugo Roman

AUDREY CARLAN
CALENDAR GIRL
Novembre
Hugo Roman

NEW ROMANCE®
AUDREY CARLAN
CALENDAR GIRL
Décembre
Hugo Roman